KB068396

해피엔딩에서 너를 기다릴게

산다 치에 지음
이소담 옮김

해피엔딩에서
너를
太陽のシズク
기다릴게

RHK
알에이치코리아

일러두기

• 모든 주석은 옮긴이 주이다.

• 일본의 교육체계는 4월에 입학해 10월이 2학기로, 학년은 3월에 끝난다.
  따라서 대학 입학시험은 대체로 1월 중순 ~ 3월 초에 치러진다.

차례

리나와
쇼타,

어느
3월

3월 어느 날 밤, 하늘에 뜬 으스름달을 바라보며 나는 세상에서 제일 사랑하는 그를 생각했다.

쇼타翔太는 달을 닮았다.

부드러운 빛으로 감싸여 불안감이나 초조함을 달래주는 마법의 청량제 같은 사람. 밤의 어둠에 삼켜질 듯한 돌멩이 같은 나라도 신비로운 달빛을 받으면 나 자신을 특별한 존재인 듯 생각하게 된다. 고백하자면, 아름다운 빛에 어울리지 않는 내 모습에 질릴 때도, 우아한 그와 변변치 못한 나의 격차에 주눅 들어 어둠에 녹아버리고 싶을 때도 있다. 그러나 고독하고 쓸쓸한 어둠 속에 있으면 어쩔 수 없이 그의 모습을 마음에 그리며 도움을 갈구하게 된다.

내가 지금부터 하려는 이야기는 그와 함께한 열두 달 동안의 이야기.

한 가지 미리 말해두고 싶은 건, 이 이야기의 결말이 해피엔딩이라는 것.

오래오래 행복하게 살았습니다, 같은 동화의 상투어로 끝나지 않아도 이 이야기는 분명 해피엔딩이다. 주인공인 내가 최고의 행복을 손에 넣었으니.

최고의 가족과 절친, 연인과 함께 보낸 근사한 청춘의 나날들.

이 이상을 바란다면 욕심이지만 만약 신이 있다면 딱 한 가지만 더 기도하고 싶다.

신이시여, 그의 이야기도 부디 해피엔딩으로 끝나게 해주세요.

◆ ◆ ◆

3월 어느 날 아침, 창 너머로 쏟아지는 햇살을 받으며 나는 세상에서 제일 사랑하는 그녀를 생각했다.

리나理奈는 태양을 닮았다.

언제나 반짝반짝 눈부시게 빛나 존재 자체가 주변 사람들의 양식이 되는 응축된 에너지 같은 사람. 보잘것없는 씨앗 같은 나까지도 그녀 곁에 있으면 자연스럽게 싹을 틔운다. 고백하자면, 너무 눈이 부셔 시선을 피하고 싶을 때도, 자기혐오에 빠져 응달에 숨고 싶을 때도 있다. 그러나 아무리 눈을 감아도, 어디에 숨어도 그 따뜻함으로 그녀의 존재를 느끼고, 그러면 나는 결국 빛을 받고 싶어 밖으로 나오게 된다.

내가 지금부터 하려는 이야기는 그녀와 함께 걸었던 열두 달 동안의 이야기.

미리 말해두겠는데, 이 이야기의 결말은 배드엔딩이다.

그런데 그게 뭐가 나쁜가? 끝이 좋으면 다 좋다? 마무리가 가장 중요하다? 그런 건 내 알 바 아니다.

라스트신이 제일 중요하다고? 그건 누가 정했지? 초반부에 최고의 절정을 맞고 이후로 약해지며 끝을 맺는다. 끝부분은 인상에 안 남을지 모르지만 진한 감동을 주는 멋진 장면이 분명히 있다. 그럼 된 거 아닌가?

이야기로서 완성도는 낮을지 몰라도 이게 내 이야기이다. 누구도 이렇다 저렇다 할 수 없다.

나에게 중요한 건 내가 아니라 그녀의 이야기니까.

리나,

시작하는
4월,

행복한
5월

이른 아침의 학교는 아주 고요했다.

평소라면 아침 연습을 하는 운동부 학생들이 있겠지만 오늘은 개학 날이니까. 개학식 시작 두 시간도 더 전에 등교하는 특이한 학생은 나 말고 없다.

이 학교로 전학하기로 결정하고 이사를 온 뒤 매일같이 탐색하고 다닌 덕에 교내 사정은 속속들이 파악했다. 익숙한 발걸음으로 우리 교실로 가서 가방을 내려놓고, 교실이 있는 서관에서 미술실이나 음악실이 있는 동관까지 단숨에 달려갔다. 새로 산 교복의 빨간 리본을 휘날리며 비상구로 나가 콘크리트로 둘러싸인 비좁은 계단을 두 단씩 뛰어 올라갔다. 층계참에서 걸음을 멈추고, 실내화 끝으로 굴러다니는 모래 범벅 비닐봉지를 구석으로 밀고, 먼지투성이 콘크리트 바닥 위에 앉았다.

군데군데 거뭇거뭇한 콘크리트로 막힌 사각형 공간은 빈말로도 아름답다고 하긴 어렵다. 그래도 이곳은 나에게 중요한 장소가 될 것이다.

우리 가족이 사는 집은 거실 겸 부엌에 방이 두 개인 목조 다세대주택이다. 3월 말에 이사 온 오쿠무라奧村 가족의 새 집이지만 여섯 식구가 살기에는 확실히 비좁다. 당연히 내 방이라는 건 없다.

다른 사람이 있으면 생각에 잠기지 못하는 섬세한 성격은 아니어도 혼자 생각하고 싶을 때쯤은 있다. 그래서 학교를 둘러보다 우연히 발견한, 소란스러운 학교 건물에서 유일하게 고요한 공기가 채워진 이곳을 소중한 비밀기지로 삼을 생각이다.

게다가 이곳에는 혼자가 될 수 있다는 것 말고도 좋은 점이 있다.

우선 이 계절만의 장점인데, 바로 아래에 핀 벚꽃이 몹시 아름답다는 것. 그리고 누워서 위를 올려다보면 새파란 하늘이, 몸을 내밀어 저 멀리 바라보면 아롱아롱 반짝이는 바다가 보인다는 것. 다정다감한 연분홍과 아름다운 두 가지 파랑을 바라보면 혼자 고민하다가 최악의 상상에 빠져 우울해지지 않을 것이다.

팔을 쭉 뻗으며 교복이 지저분해지거나 말거나 벌러덩 누워, 안주머니에 넣어둔 부적 주머니에서 진주 한 알이 달린 귀걸이를 꺼냈다.

새끼손톱만 한 윤기 흐르는 둥근 진주알. 벚꽃을 닮은 담담한 분홍색인데, 언제 봐도 감탄이 나올 만큼 아름답다. 잿빛 콘크리트에 둘러싸인 네모난 파란 하늘에 비춰 보자 부드러운 봄 햇살을 받아 매끈한 표면이 반짝 빛났다.

"열심히 할 수 있지?"

다짐하듯 느릿느릿 속삭인 혼잣말은 콘크리트 벽에 메아리친 뒤 이 공간을 한참이나 헤매다 천천히 흩어졌다.

◆ ◆ ◆

"오쿠무라 리나입니다. 지난달에 도쿄에서 막 이사 왔어요. 이 동네는 하나도 모르는데 많이 가르쳐주세요. 잘 부탁합니다."

꾸벅 숙인 고개를 천천히 들어 같은 반 아이들 얼굴을 조심스레 살폈다. 예상보다 다정한 시선들에 한숨 돌리며 연습했던 미소를 선보였다.

이곳 쓰카사하마니시河浜西 고등학교는 새 학년이 될 때 반을 바꾸지 않는다고 한다. 친구 집단이 이미 이루어졌을 테니 친구 사귀기가 쉽지 않을 거다. 그런 걱정이 들어 어젯밤에는 나답지 않게 긴장해 쉽게 잠들지 못했다. 이불을 뒤집어쓰고 끙끙 고민하다 결국 그냥은 못 있겠어서 한밤중에 일어나 자기소개를 연습했다. 세면대 거울을 향해 히죽히죽 웃는 나는 우스꽝스러운 걸 넘어서서 약간 섬뜩했다.

어쩔 수 없다. 친구 사귀는 걸 어려워하지 않는 나도 이번만큼은 압박감에 짓눌릴 듯했다.

나는 지금부터 반드시 근사한 청춘을 보내야만 하니까.

근사한 청춘에는 친구가 꼭 필요하다.

시작하는 4월, 실패란 있을 수 없다.

쉬는 시간이 되자 여학생 여럿이 내 주변에 모였다. 학생회 임원이라는 발랄한 고가 마야古賀麻耶를 중심으로 친근하게 웃으며 말을 걸어주는 아이들을 보며 안심한 것도 잠깐.

"리나는 도쿄에서 왔다며. 도쿄 학교는 어땠어?"

"부럽다, 도쿄! 하굣길에 아기자기한 카페나 패션몰에도 들르고 그랬니?"

"나 도쿄에 있는 대학에 가고 싶어. 많이 가르쳐줘."

너무 속 보이는 질문들에 멍해졌다.

이 애들이 흥미를 보이는 대상은 그냥 오쿠무라 리나가 아니라 '도쿄에서 온 전학생 오쿠무라 리나'라는 것을 호기심 넘치는 눈동자들이 알려주었다. 이 애들은 내게서 동경하는 도시에 관한 이야기를 듣는 게 목적이리라.

하긴 당연한가. 나를 모르는 이 애들에게 전학생인 나와 친구가 되는 이점은 '도쿄' 이야기를 들을 수 있는 것 정도. 고등학생으로 보내는 마지막 해에 친구와 훈훈한 추억 만들기를 하고 싶다면, 그건 벌써 이 년이나 함께 지낸 지금 친구들로 충분할 테니까.

"……아아, 웅."

나는 눈을 반짝이며, 나를 바라보는 친구 후보들을 순서대로 살피며 환하게 웃었다.

"내가 다닌 학교는 그렇게 근사하지 않고 평범했어. 아르바이트하느라 방과 후에 못 놀았는데 대신 카페에서 한 덕분에 라테 아트는 할 줄 알아. 나도 도쿄에 있는 대학에 지망하니까 우리 같이 열심히 하자."

내 입에서 술술 흘러나오는 말들에 속으로 넌더리가 났다.

내가 살던 곳은 이름만 도쿄였지 교외의 시골 동네. 학교 주변에 세련된 가게나 패션몰도 없었거니와 아르바이트하던 곳도 카페라고 부르기 무색한 오래된 다방이었는데. 물론 이 아이들보다야 도쿄를 잘 알겠지만, 이런 식으로 말하면 내가 하라주쿠 한가운데에서 살던 것 같잖아.

난처한 진실을 감춘 이유는 이 애들 마음에 들고 싶었기 때문이다.

친구를 사귀고 싶었으니까.

"아, 맞다. 도쿄 대학 말인데, 여기저기 캠퍼스 투어 다녀와서 사진 많이 찍었거든. 내일 가지고 올 테니까 괜찮으면 볼래?"

"볼래, 보고 싶어! 그럼 내일 점심 같이 먹을까?"

기뻐서 환성을 지르는 마야와 다른 애들에게 "나야 좋지" 하고 대답한 순간, 종이 울렸다.

자기 자리로 돌아가는 아이들을 보며 입술을 씹었다.

나는 친구를 얻고 저 애들은 원하는 정보를 얻는다.

즉 서로에게 득이 되는, 이른바 윈윈win-win 관계다.

하지만…… 심장이 욱신욱신 아픈 이유는 사실은 이런 내가 싫기 때문이다.

도쿄에 대해 알고 싶어 나를 이용하려는 저 애들도, 친구를 사귀려고 흥정 비슷한 흉내를 내는 나도. 다들 제 이익만 생각한다.

물론 나쁜 행동은 아닐 테고, 지극히 소수인 예외를 제외하면 대부분의 사람들이 일상적으로 하는 일일 것이다.

하지만 나는 그 '지극히 소수인 예외'이고 싶었다.

왜냐하면, 나는 나 자신보다 다른 사람을 생각하는 자애심 넘치는 부모님의 딸이니까.

현명하고 믿음직스러운 아빠와 다정하고 마음씨 따뜻한 엄마, 그리고 활기 넘치는 오 남매.

오쿠무라 가족은 말 그대로 한 폭의 그림처럼 행복한 가족이었다.

그 행복은 칠 년 전, 내가 만 열 살 때 무너지고 말았다.

집에 불이 나 아빠가 큰 화상을 입고 세상을 떠났을 때.

불은 저녁쯤에 났다. 아빠는 일하고 있었고 남동생 유야裕也와 다쓰야達也는 밖에서 놀고 있었고 엄마는 더 어린 남동생 신야真也와 마사야正也를 데리고 장을 보러 갔을 때, 나만 집에서 불이 번지는 줄도 모르고 드르렁드르렁 속 편하게 낮잠을 자고 있었다. 연락을 받고 아빠가 달려온 시점에는 이미 불이 크게 번진 상태였는데, 아빠는 내가 안에 있다는 것을 알자 불타는 집으로 뛰어들었다고 한다. 한심하게도 나는 아빠가 온 후에야 이변을 깨달았고, 오히려 그게 나를 살려 가벼운 부상에 그쳤다. 하지만 연기를 대량으로 마신 데다 전신에 크게 화상을 입은 아빠는 며칠 후 병원에서 숨을 거두었다.

남은 우리는 의지할 데를 잃고 슬픔과 불안으로 허우적댔는데, 비극은 거기에서 멈추지 않았다. 집안의 대들보를 잃은 우리 가족은 경제적으로도 곤경에서 벗어나질 못했다.

그때까지 우리 가족은 유복하진 않아도 빈곤과는 무관했다. 아빠가 일곱 식구가 부족함 없이 생활할 만큼 돈을 벌었고, 엄마는 집안일과 육아에 전념했다.

그러나 아빠는 떠나고 직업 없는 엄마와 다섯 아이가 남았다. 그 후로 엄마는 한창 잘 먹을 나이인 아이들을 부양하기 위해 밤낮없이 몸이 가루가 되도록 일한다.

자신의 목숨을 희생하면서 나를 구한 아빠.

자신의 모든 것을 바쳐 가족을 위해 일하는 엄마.

나는 부모님을 사랑하고 진심으로 존경한다.

부모님처럼 되고 싶고, 그렇게 되어야만 한다.

자신을 희생해서라도 다른 사람의 행복을 위해 헌신하는 것이야말로 존엄한 삶이다.

◆◆◆

　여학생들의 리더격인 마야와 사이가 좋아진 덕분에 반에는 금방 익숙해졌지만 매일 교섭 같은 일이 계속되어, 심장 표면에 까끌까끌 거슬리는 무언가는 사라지지 않았다. 속수무책으로 기분이 가라앉을 때는 그 비상계단에 가서 혼자 마음을 진정시키곤 했는데…….

　사태가 호전될 계기가 찾아왔다. 비상계단에서 고민한 뒤인 홈룸 시간에.

　"다음은 볼런티어 위원. 입후보할 사람 있어요?"

　담당을 정하는 회의를 진행하는 마야의 목소리를 듣는 순간, 반사적으로 손을 들었다.

　"저요."

　같은 반 학생 전원이, 친구, 아직 대화를 나눈 적 없는 같은 반 아이, 물어본 마야까지도 놀라서 나를 쳐다봤지만 하나도 신경 쓰이지 않았다. 나는 직감적으로 '이거다' 깨달았고, 완전히 흥분했다. 하늘에 둥둥 뜬 옅은 구름이 바람에 흘러가듯 최근 며칠간 우울했던 기분이 단숨에 밝아졌다.

　"리나, 괜찮겠어?"

　"응. 해보고 싶어."

　마야가 당황한 목소리로 물어 조금 의아했지만 나는 고개를 열심히 끄덕였다.

볼런티어, 다시 말해 봉사 활동.

자신을 희생해 남을 위해 헌신하는 것.

내가 목표로 삼아야 할 모습.

나는 나를 바꿀 계기를 찾고 있었다. 겁쟁이인 내가 도망치지 않도록, 가능하면 나를 붙들어 매줄 무언가를. 한번 들어가면 일 년간 계속해야 하는 위원회는 이 조건을 충족하는 완벽한 '계기' 다. 볼런티어 위원으로 성실하게 활동하면 틀림없이 내게도 봉사 정신이 깃들어 자기중심적인 성격을 고칠 수 있을 테니까.

"어어, 고마워. 그럼 한 사람 더."

마야의 목소리가 교실을 한 바퀴 돌았으나 아무도 손을 들지 않았다.

볼런티어 위원은 별로 인기가 없나?

반 대표 위원, 방송 위원, 체육 위원, 지금까지 모든 위원이 순 조롭게 정해졌다. 이 학교는 위원회가 아주 많았고, 거의 모든 학생이 어떤 위원회에든 들어가야 했다. 아이들은 마음에 안 드 는 위원회에 들어가지 않으려고 모두 열정적으로 입후보했다.

"어, 그럼…… 리나, 혼자서도 괜찮겠어? 뭐, 본인이 의욕만 있으면 괜찮을 것 같지만."

마야는 머리를 벅벅 긁더니 기분을 바꾸려는 듯 생긋 웃으며 말했고, 나는 막 고개를 끄덕이려 했는데—

"……내가 할게."

내 대각선 앞, 창가 자리에 앉은 학생이 천천히 손을 들었다.

"미사토美里! 역시."

마야가 손뼉을 짝 치더니 "결정됐네!" 하고 고개를 끄덕이고 환하게 웃었다. 그리고 "그럼 다음은 선도 위원……" 하며 명랑하게 회의를 이어갔다.

"아까는 고마웠어."

홈룸이 끝나자마자 창가 자리로 다가갔다.

"……별로, 대단한 일도 아닌데."

"대단한 일인데? 정말 고마워. 미……."

"그냥 미사토라고 불러. 다들 그렇게 부르니까."

미사토는 읽고 있던 외국 건물이 실린 멋진 사진집에서 시선도 떼지 않고 순순히 말했다.

이 년이나 같이 생활한 만큼 반 학생들은 사이가 좋아 서로 친밀하게 불렀다. 전학생인 나만 '씨'나 '군' 같은 호칭을 붙여 불렀는데*, 그 점이 조금은 쓸쓸했다. 그저 호칭에 불과하다는 것을 알면서도 모두와 거리감을 느꼈다. 분명 미사토는 내 마음을 헤아렸으리라.

다정한 애구나.

티 나지 않는 배려에 진심으로 감동했다.

● 일본에서는 이름이나 성 뒤에 '씨(さん[상])'나 '군(くん[쿤])' 또는 친근감을 나타내는 '짱(ちゃん[짱])' 등의 호칭을 붙이는 게 일반적이다. 친구 사이에서는 '이름+호칭', '성+호칭' 둘 다 자주 부르고, 호칭 없이 이름이나 성만으로 부를 때는 동의를 구한다.

"응, 고마워. 미사토."

"그러니까, 별로 대단한 일 아니래도."

미사토가 그렇게 대꾸하며 비로소 고개를 들어 나를 보았다.

"거기, 붙었다."

자기 귓가를 톡톡 쳤다.

무슨 소리인지 몰라 말하는 곳을 만지자 벚꽃잎이 팔랑팔랑 바닥으로 떨어졌다. 머리카락에 붙어 있었나 보다.

"……몰랐어. 고마워. 비상계단에 있을 때 붙었나?"

"비상계단?"

"응. 내 비밀기지야."

내 말에 미사토가 "좋네, 그거" 하며 부드럽게 웃었다.

연한 갈색 눈동자를 보며 예쁜 애라고 생각했다.

속눈썹이 부러울 정도로 길어 하얀 피부에 그늘진 그림자와의 대비가 아름다웠다. 눈동자와 같은 연갈색 머리카락은 창문으로 내리쬐는 햇빛을 받아 금빛으로 반짝이며, 부러질 듯 가느다란 목덜미에 달라붙어 있다.

예쁘기만 한 게 아니라 어딘지 모르게 요염했다.

미사토와 좀 더 대화를 나누고 싶어 창턱에 가볍게 걸터앉아 이어갈 말을 찾았다.

"건축 좋아해?"

"아. 응. ……아니, 잘 모르겠네."

미사토가 읽고 있던 책을 가리키며 물었는데, 미사토는 모호하게 웃으며 말을 흐리고 그대로 고개를 숙였다. 대화 종료.

"아, 참."

나는 살짝 삐죽한 목소리로 대화를 이어가 보려 억지로 화제를 끌어냈다.

"볼런티어 위원은 인기 없어? 처음에 입후보한 사람이 나뿐이었잖아."

고개를 끄덕인 미사토에게 "왜?" 하고 다시 질문을 던지자, 미사토가 묘한 표정으로 웃었다.

"솔직히 말하면 귀찮거든. 개인 시간을 뺏기니까. ……봉사 활동은 방과 후나 휴일에 하는데 일반 학생은 희망자만 참가해도 되지만 볼런티어 위원은 반드시 참가해야 해. 올해는 수험생이라 일분일초가 아까운데 볼런티어로 시간 낭비하기 싫다, 다들 그런 생각들인 거지."

"그렇구나."

미사토의 설명을 들으며 나는 곧바로 볼런티어 위원에 입후보한 것을 후회했다.

반에서 일분일초가 가장 아쉬운 사람은 나일 텐데.

나는 친구와 놀고 공부도 열심히 하고 멋진 사랑까지 하면서 근사한 청춘을 보내야만 한다. 낭비할 시간이 없는데…….

"미안. 하기 싫어졌지?"

내 속마음을 꿰뚫어 봤는지 미사토가 물었다.

"뭘 하는 위원회인지 몰랐지? 설명도 안 해주고 일을 떠맡긴

셈이라 좀 너무했지."

미사토의 달래는 말을 듣고 나도 모르게 고개를 끄덕일 뻔하다 정신을 차렸다. 이런 자기중심적인 성격을 바꾸고 싶어 볼런티어 위원에 자원한 것 아닌가.

"괜찮아! 나 볼런티어, 하고 싶었거든."

내가 자기암시를 하듯 힘차게 말하자 미사토는 입가에 미소를 지으며 차분히 말했다.

"그렇다면 괜찮지만."

아기를 어르듯 다정한 미사토의 목소리를 들으며 문득 생각나 물었다.

"그런데 미사토는 왜 볼런티어 위원을 하려고 한 거야?"

내게 이렇게 설명해 줄 정도로 미사토는 상황을 전부 알고도 입후보한 것이다.

"하고 싶어 하는 사람이 없으니 어쩔 수 없지. 그리고 오쿠무라 씨 혼자 하는 건 너무 안된 일이고. 작년에 혼자 했던 경험자라 얼마나 힘든지 사무치게 잘 알거든. 아직 학교에 익숙하지 않은 전학생한테 시킬 순 없었어."

작년에도? 그것도 혼자?

그런데 힘든 줄 알면서도 올해 또 받아들인 건가.

잘 알지도 못하는 날 위해서.

"왜 그래?"

감동을 곱씹는 나를 보고 미사토가 고개를 살짝 갸웃거렸다.

얼른 고개를 들고, 미사토의 눈동자를 똑바로 바라보며 천천히 말했다.

"……나, 너랑 절친 하고 싶어."

"뭐?"

"너처럼 훌륭한 사람의 절친이 되고 싶다고 줄곧 생각했어."

열의 넘치는 말투로 말하는 나를, 미사토는 어이가 없는지 한참이나 입을 벌리고 바라봤다. 그러나 곧 지금까지와 마찬가지로 온화한 미소를 지었다.

"말했지만, 그렇게 대단한 일 아니야."

"대단한 일이라니까. 나를 도와주려고 자신을 희생하다니…… 진짜 다정해. 틀림없이 마음씨도 고울 거야."

"너무 과장이 지나치다. 습관이나 마찬가지라 고운 마음씨 같은 건 없어."

그렇게 겸손한 모습이 더욱더 훌륭하다.

나는 미사토를 물끄러미 쳐다보다 두 손으로 짝 손뼉을 쳤다.

"알겠다. 처음부터 절친은 뻔뻔하지? ……그럼 친구부터 시작하는 걸로 안 될까?"

아까보다 감정을 담아 한 번 더 부탁하자 미사토가 떨떠름하게 고개를 끄덕였다.

"응, 뭐…… 같은 반이니까 그건 괜찮은데."

"고마워. 정말 기쁘다!"

나도 모르게 몸을 가까이 들이대자 미사토가 몸을 쓱 물렸다.

"……근데 조금만 진정하자, 오쿠무라 씨."

미사토가 내 손을 잡아끌어 의자에 앉혔다.

"오쿠리나."

나는 말했다.

"뭐?"

"아니면 무라링. 아니면 리나도 괜찮아."

"……그게 무슨 소리야?"

관자놀이를 손가락으로 꾹꾹 누르면서도 여전히 미소를 잃지 않는 미사토에게 나도 환하게 미소를 지어 보였다.

"오쿠무라 씨는 서먹서먹해. 친구잖아? 좀 더 친근하게 불러주면 좋겠어. 오쿠리나, 무라링, 리나…… 뭐가 좋아?"

그제야 미사토는 당황한 듯 심각한 표정을 지었다.

"……선택지, 세 개야?"

미사토가 목소리를 낮춰 내게 물었다.

"미사토가 새로운 별명을 지어준다면 그것도 좋아."

미사토는 분명 내 가장 친한 친구가 될 것이다, 나는 근거는 없지만 그렇게 확신했다.

미사토는 한참 머리를 끌어안고 작게 신음하더니 이윽고 크게 숨을 내쉬고 포기한 듯 중얼거렸다.

"……그럼 리나."

미사토의 입에서 흘러나온 내 이름이 생각보다 더 다정다감하게 들려 기뻤다.

"잘 부탁해, 미사토."

환하게 웃으며 말하자 미사토는 곤란한 듯 눈을 깜박였다.

◆ ◆ ◆

내 비밀기지, 건물 구석의 비상계단에는 오늘도 시간이 느긋하게 흐르고 있다.

배트로 공을 치는 소리, 여학생들의 카랑카랑한 웃음소리, 실내화가 복도에 일정한 리듬으로 끌리는 소리…… 전부 멀리서 술렁거리는 소리라 생각을 방해하는 것은 존재하지 않는다. 놀자고 하는 마야 무리를 거절하면서까지 혼자 여기에 온 이유는 생각하고 싶어서였다. 그랬지만, 배가 고파서 머리가 돌아가질 않는다.

"으악, 배고파."

꼬르륵꼬르륵 울어대는 배를 문지르며 점심으로 싸 온 샌드위치를 덥석 물었다. 폭신폭신한 식빵에 아삭아삭한 양상추, 육즙 촉촉한 햄, 포슬포슬한 달걀을 넣은 수제 샌드위치. 내가 만들었지만 최고다.

허둥지둥 단숨에 먹어치우고 주머니에서 종이를 한 장 꺼냈다. 근사한 청춘을 보내기 위해 필요한 것들을 적은 목록. '친구', '절친', '공부' 항목 옆에는 순조롭게 체크 표시를 할 수 있었다.

이제 남은 건…….

"연인."

친구와 즐겁게 놀고, 절친과 대화를 나누고, 공부도 열심히 하고, 마지막으로 사랑을 하고.

근사한 청춘이라는 말에서 떠올리는 이미지는 사람에 따라 제각각 다르겠지만, 내가 생각한 것은 별로 특별한 것 없이 흔한 (실제로 그런 청춘을 보내는 사람이 많은지는 다른 문제지만), 적당한 이미지일 것이다. 텔레비전 드라마에서도 만화에서도 흔히 보는 '청춘'. 그게 내 이상이었다.

친구는 사귀었다. 절친 후보도 찾았다. 공부는 열심히 한다. 이제 사랑만 남았다.

그런데, 나를 좋아해 줄 사람이 있을까?

안주머니에 넣어둔 부적 주머니에서 진주 한 알 달린 귀걸이를 꺼내, 반짝반짝 빛나는 보석을 바라보며 한숨을 쉬었다.

이 진주는 내가 태어났을 때 아빠가 사준 것이다.

아빠는 내가 진주처럼 단아하고 여성스러운 아이가 되길 바랐던 게 분명하다.

하지만, 안타깝게도 내게는 여성스러움이 치명적으로 부족하다. 남동생들과 어울려 자란 탓인지 천성인지 사고방식이나 행동 모두 여성스러움과는 거리가 멀었다. 예전에 같은 반 남자애들에게 직접 요리를 만들어 대접했을 때도 '여성스럽다'가 아니라 "꼭 엄마 같아"라는 소리를 들었으니까. 엄마도 일단은 여성이지만 뉘앙스가 전혀 다르다.

머리를 끌어안고 한 번 더, 아까보다 크게 한숨을 쉬었다.

아무리 생각해도 어렵다.

하지만 아무리 어려워도, 무슨 일이 있어도 반드시 찾아내야만 한다.

부적 주머니를 다시 안주머니에 넣었다.

"괜찮아, 어떻게든 될 거야."

마음을 진정하려고 일부러 소리 내어 말해보았다.

쓰카사하마니시 고등학교에는 학생이 오백 명이 넘는다.

여성스럽지 않은 이런 나를 좋아해 줄 특이한 애도 분명 한 명쯤은 있겠지.

"연애의 신이시여…… 제발 그 특이한 애와 만나게 해주세요!"

신사에서 기도하는 것처럼 손뼉을 짝 치고 눈을 감았는데—

"왼쪽, 죽어도 왼쪽!"

내 목소리에 응답하듯 생생한 목소리가 들려왔다.

엇, 신이시여…… '왼쪽'이라니 무슨 뜻이지요?

아니, 그럴 리가 없지.

남자애 목소리였는데, 멀리서 들리는 술렁거림과 달리 유난히 선명했다. 가까이에 있다.

몸을 내밀어 아래를 살짝 보니 벚꽃잎이 보였다.

비상계단 바로 옆에 자란 이 벚나무는 오래전에 졸업한 학생이 졸업 기념으로 심었다고 들었다. 매우 아름답게 꽃을 피우지만 꽃구경을 하며 즐기는 사람은 거의 본 적이 없다. 여긴 건물 구석이라 교실에서는 멀다. 꽃을 보려고 일부러 찾아오는 취향 독특한 학생이 있을 리가……

그런데 지금, 살랑살랑 흔들리는 연분홍 꽃잎 너머로 교복 입은 남학생이 보였다. 남학생 넷이 한 손에 빵을 들고 동그랗게 둘러앉아 신나게 웃고 있었다. 요즘 스타일처럼 교복을 적당히 흐트러지게 입은 그들이 꽃에 흥미가 있을 것 같진 않은데, 제법 풍류를 즐길 줄 아나 보다.

가만히 그 애들을 바라보며 짧게 한숨을 내쉬었다.

이렇게 목소리가 또렷하게 들리면 나만의 세계에 몰두할 수 없다.

엿듣기는 싫으니 슬슬 교실로 돌아가야겠다 생각한 순간―

"걔, 전혀 여성스럽지 않잖아, 그게 좋아."

여성스럽지 않잖아, 그게 좋아.

들은 말을 머릿속으로 반복하다 무심코 재채기를 할 뻔했다.

아까 내 기도가 신께 똑똑히 전해졌나 보다.

방금 내가 만나고 싶다고 기도를 올린 '특이한 애'였다.

심호흡을 하고, 연분홍색에 맞췄던 초점을 돌려 그 밑에 앉은 남자애 쪽에 집중했다.

"엑, 쇼짱은 취향 정말 독특하다니까."

"그런가? 너무 여자애 같은 사람은 대화 나누기 어렵잖아. 예전에 걔가 출연한 라디오를 들었는데 말하는 게 하나도 여성스럽지 않더라고. 마음에 들더라."

"흠. 그래도 나는 여성스러운 애가 좋아."

아무래도 그 특이한 애는 '쇼짱'이라 불리는 것 같았다.

얼굴은 안 보였지만 체구가 작고 자연스러운 갈색 머리.

목소리는 남자애치고 약간 높았다.

"근데 쇼짱, 혹시 로리콘°? 얘는 아무리 봐도 어린애잖아. 나는 죽어도 오른쪽이야."

"나도 오른쪽."

"나는 가운데. 어쨌든 왼쪽은 아니야."

다른 남자애들이 차례로 말했다.

"무슨 로리콘이야. 굳이 따지면 연상이 취향이거든? 좋잖아, 왼쪽."

쇼짱은 발끈한 목소리로 반박하고 몸을 앞으로 굽히나 싶더니 순간 시야에서 사라졌다. 커다란 나뭇가지 그늘에 가려졌다.

다시 시야에 나타난 쇼짱은 잡지를 한 권 들고 있었다. 세미누드 잡지. 그걸 무릎 위에 올려놓고 페이지를 팔랑팔랑 넘기며 익살스럽게 말했다.

"그래도 너희랑 여자애로 싸울 일은 없겠네. 굿."

아, 그렇구나! 나도 모르게 웃음을 터뜨렸다.

눈앞의 굵직한 벚나무 가지에 가려진 위치, 남자애들이 빙 둘러앉은 한가운데에 잡지가 놓여 있다. 그러니까 이 남자애 넷은

● '롤리타콤플렉스'의 일본식 줄임말.

일부러 꽃구경을 하러 온 게 아니라 그저 사람 없는 데서 야한 잡지를 보고 싶었던 것.

그 애들은 한참이나, 그야말로 남고생답게 알맹이 없는 대화를 나누며 낄낄대다 이윽고 자리에서 일어났다. 그러고는 자기들끼리 장난을 치며 천천히 멀어져 갔다. 쇼짱은 어땠는가 하면, 나른하게 기지개를 켜면서 맨 뒤에서 꾸물꾸물 걸어갔다.

왠지 재미있는 풍경에 후후 다시금 웃는 순간, 들고 있던 목록이 바람에 날렸다. 종이는 연분홍 꽃잎과 함께 덩실덩실 하늘 위로 날아오르더니, 쇼짱의 눈앞에 사뿐히 떨어졌다. 알아차리고 종잇조각을 주운 쇼짱은 고개를 갸웃거리더니, 갑자기 뒤를 돌아 위를 올려다보고 눈을 동그랗게 떴다.

쇼짱은 목소리에서 받은 인상대로 풋풋함이 남아 귀염성 있게 생겼다. 부슬부슬한 머리카락과 살짝 아래로 처진 커다란 눈동자가 예전에 키우던 파피용을 닮은, 잘생기진 않았지만 내 취향인 얼굴이었다.

제일 위 단추만 풀어 조금 단정치 못한 옷깃, 바람에 날리는 초록색 넥타이, 남자애치고 가느다란 어깨에 내려앉은 연분홍 벚꽃잎.

쇼짱은, 눈에서 서서히 놀란 기색이 걷히며 진지한 표정이 되나 싶더니, 눈을 여러 번 깜박이다 이어서 산소를 갈구하는 물고기처럼 입을 뻐끔거렸다.

재미있어서 무심코 미소를 짓자, 쇼짱도 안심한 듯 표정을 풀었다.

그 구겨진 듯 웃는 얼굴이 귀여워 왠지 가슴이 꽉 조여들었다.

"이거 사랑인가 봐."

나도 모르게 중얼거렸다.

귀에 들린 내 목소리가 한껏 들떠 있어 조금 부끄러웠다.

"쇼짱, 뭐 해?"

앞서 걷던 남학생이 말을 걸자, 쇼짱은 웃음기 머금은 입가를 딱딱하게 굳히고 내게 고개를 꾸벅 숙였다. 그리고 그대로 몸을 돌려 천천히 걷기 시작했다.

"잠깐만!"

나도 모르게 큰 소리로 외쳤다.

쇼짱이 멈춰 서서 놀란 듯 뒤돌아보는 걸 확인하고, 나는 계단을 허겁지겁 뛰어 내려갔다. 가버렸으면 어쩌지. 불안해 하며 앞으로 넘어질 것 같은 몸으로 한 걸음 더 내디디려는 순간, 마찬가지로 넘어질 듯한 쇼짱과 조우했다.

그 애 역시 뛰어왔는지 숨을 헐떡이고 있었다.

우리는 층계참보다 좁은 계단 중간에서 한참이나 말없이 마주 보았다.

그 애를 불러 세운 사람은 나다. 내가 먼저 말해야 한다. 그건 알았지만 무슨 말을 해야 하는지는 몰랐다.

"……쇼짱."

안절부절못한 내 입에서 나온 것은 조금 전에 알게 된 그 아이의 이름.

"어…… 내 이름은 어떻게?"

"들렸어. 미안."

조심스럽게 사과하자, 쇼짱은 겸연쩍어하며 시선을 피했다.

"……우리가 헛소리한 거 다 들었어요?"

"응."

고개를 끄덕이자, 쇼짱은 어쩔 줄 몰라 하며 고개를 숙였다.

"죄송합니다! 그런…… 저질스러운 대화를 듣게 하다니."

눈앞에 드러난 쇼짱의 정수리를 바라보며 툭, 말이 나왔다.

"리나라고 해요. 연락처 알려줄 수 있어요?"

이게 정말 사랑인지, 나는 아직 모른다.

나는 그저 사랑을 동경하는 멍청한 여고생이라 운 좋게 발견한 연애 상대를 놓치기 싫은 걸지도 모른다.

그래도 이 감정에 어떻게든 로맨틱한 이유를 붙이고 싶었다.

어쩌다 보니 그곳에 있었다거나, 얼굴이 그럭저럭 취향이라거나, 나를 좋아해 줄 가능성이 있을 것 같다거나, 그런 현실적이고 재미없는 이유로 가슴이 뛴다 생각하긴 싫었다.

"네?"

쇼짱이 고개를 숙였을 때와 같은 속도로 후다닥 고개를 들고 얼빠진 소리를 냈다.

"나…… 그쪽이 왠지 좀 신경 쓰여서."

간신히 짜낸 목소리가 끝으로 갈수록 줄어든 건, 알지도 못하는 상대에게 고백하는 지금의 행동이 말하자면 헌팅이란 사실을 깨달았기 때문에.

어이없으려나?

눈치 보듯이 표정을 살피는 내 눈을 가만히 응시하며 쇼짱이 들뜬 목소리로 대답했다.

"……무, 물론이에요!"

더듬거리는 손길로 주머니에서 휴대폰을 꺼내 "잘 부탁합니다" 하고 내게 들이밀었다. 내 휴대전화를 갖다 대며 보니 쇼짱도 나를 보고 있었다.

"잘 부탁해."

내가 속삭이자, 쇼짱은 또 고개를 푹 숙이며, "저야말로 잘 부탁드립니다" 하고 유난할 정도로 예의를 차리며 대답했다.

"아, 이거, 리나 씨 거죠?"

떨어뜨린 목록 종이를 쇼짱에게 받으며 나는 그 애를 물끄러미 바라보았다.

"응, 고마워. 그리고…… 존댓말은 안 써도 되는데?"

"엇…… 네. 아, 미안."

내가 입술을 삐죽이자, 쇼짱은 얼른 말을 놓으며 부끄럽다는 듯 웃었다.

◆ ◆ ◆

"그럼 오늘은 지난 시험 해설부터."

5교시 일본사 수업에 전혀 집중할 수 없었다. 몇 분마다 주머니 속 휴대폰을 힐끔거리며 메시지가 왔는지 확인하느라.

"4번 문제, 기본적인 문제인데 틀린 사람이 많았어요. 종교사 어려워하는 사람이 많은 것 같네요. 확실히 기억해 둡시다."

담임이기도 한 고마이駒井 선생님의 굵직한 목소리에 정신을 차리고 얼른 정답을 확인했다. 동그라미가 쳐진 것을 보고 안심했다.

학생의 본분인 학업도 근사한 청춘을 위해서 필요하다. 모든 교과목을 고르게 공부하는데, 일본사는 특히 좋아하는 과목이다. 항목별로 정리한 메모는 이해하기 쉽다는 평판이라 얼마 전에도 마야가 부탁해 복사해 줬을 정도다.

여유 넘치는 표정으로 선생님이 답을 말하기를 기다리던 때였다.

"인간은 누구나 가슴속에 보석이 될 돌을 품고 있다. 정성껏 가꾸면 아름답게 빛나는 보석이 된다."

선생님의 느릿느릿한 말을 듣고 나도 모르게 펄쩍 뛸 뻔했다.

얼굴이 화끈 달아오르고 쿵쿵거리는 심장 소리가 온몸에 울려 퍼졌다.

입이 바싹 말라 침도 삼키기 어려웠다.

반사적으로 왼쪽 가슴을 누르고 셔츠를 움켜쥐었다. 새하얗게 질린 머릿속에는 오로지 질문만이 떠올랐다.

어떻게 그걸 알고 계시지?

"정답은 구카이空海*. 구카이는 이런 인상 깊은 명언을 남겼죠."
선생님이 활기찬 목소리로 이어 말했다.

반쯤 정신을 놓고 그 말을 듣고 있던 나는 온몸에서 힘이 빠졌다.

크게 호흡을 고르며 누가 나를 보고 있지 않은지 확인한 뒤, 한 번 더, 이번에는 천천히 교복 위에서 가슴을 문질렀다.

아침에 다림질한 셔츠는 주름 하나 없어 손가락이 주르륵 미끄러졌다.

나의 이곳, 얄따란 가슴 밑에는 보석이 있다.

구카이가 말한 비유가 아니다.

정말로, 실제로 있다.

나는 '보석병'을 앓고 있다.

정식 명칭은 국한성 심근경화증, 심장에 종양 비슷한 것이 생기는 병인데, 그 종양이 마치 보석처럼 아름다워 일반적으로 '보

---

* 일본 헤이안 시대의 승려로 일본 진언종의 창시자.

석병'이라고 불린다.

종양은 사후 꺼내져 말 그대로 보석으로 다뤄진다. '물방울'이라고 불리는 그 보석은 진주나 호박과 마찬가지로 생물에서 유래한 보석으로 분류되고, 세상에서 가장 아름답다고들 한다.

작년 가을, 갑자기 가슴에 통증이 느껴져 혹시나 싶어 병원에 갔는데, 각종 검사를 받은 끝에 집에서 멀리 떨어진 쓰카사하마 의대로 옮겨져 의사에게 이런 말을 들었다.

"보석병입니다. 아주 희귀한 병이죠."

보석병의 세계적 권위자라는 오카모토岡本 선생님은 나와 엄마에게 담담히 설명했다.

"심장에 특이한 종양이 생기는 병입니다. 종양 자체는 양성인데 비대해지기 때문에 동맥폐쇄나 심부전을 일으킵니다. 그때그때 수술로 종양을 적출하는 게 유일한 치료법이죠. 성공률은 높지만 종양이 거의 백 퍼센트 재발하므로 완치는 안 된다고 생각하시는 게 좋습니다."

선생님은 빠르게 설명하고, 나와 엄마를 차례로 바라보고, 다시 말을 이었다.

"수술은 몸에 부담이 크고 재활도 고통스러울 겁니다. 수술을 언제까지 계속할지 환자 본인과 가족의 판단에 맡기겠습니다. 어디까지나 참고로 말씀드리는데, 할 수 있을 때까지 수술을 이어가도 통계적으로 보아 여명은 발병에서 십 년 정도입니다."

선생님이 책상 위에 늘어놓은 자료를 가리키며 기계적인 말투로 설명했다.

옆에 앉은 엄마가 꿀꺽 침을 삼키는 소리가 들렸지만, 나는 아직 내가 병에 걸렸다는 사실을 믿지 못했다. 가끔 가슴이 쑤시는 것 말고 특별히 이상한 점이 없었으니까.

묘하게 이름이 예쁜 보석병에 대해서는 전부터 알고 있었다.

몇 년 전쯤 텔레비전의 특집 방송에 소개되어 봤다.

보석병에 걸린 청년에 대한 다큐멘터리였다. 바닷가 마을에서 태어나고 자란 청년은 어릴 때 꿈이었던 어부가 됐고, 소꿉친구와 결혼해 유복하진 않아도 행복하게 살았다. 그런 그가 보석병에 걸렸다. 볼 때는 안됐다고 생각했는데 얼마 지나지 않아 잊어버렸다.

텔레비전에서 특집으로 다루는 특수한 병은 나와 무관하다고, 근거도 없이 그렇게 믿었다. 마녀가 나타나 유리 구두를 주거나, '메리 씨'라는 이름의 하늘을 떠다니는 수박*이 나타나거나, 그런 동화나 도시 전설과 마찬가지로 있을 수 없는 일이라고.

"일본에서 치료할 수 있는 병원은 여기뿐입니다. 검사는 한 달에 두 번. 지금 댁에서 다니셔도 괜찮지만 위급한 상황을 고려하면 이 근처로 이사 오시는 편이 낫겠습니다."

내가 환자라는 사실을 받아들이지 못한 상태로 선생님의 이어지는 말에 넋을 잃었다.

● 〈학교 괴담(学校の怪談)〉이라는 일본 공포 영화 시리즈에 나오는, 잭 오 랜턴 같은 얼굴의 날아다니는 수박 요괴.

엄마에게는 일이, 남동생들에게는 학교가 있다. 나 하나 때문에 어떻게 이사를 해?

하지만 엄마는 "알겠습니다" 하고 곧장 대답했고, 나를 바라보며 "괜찮아" 하고 속삭였다.

"어떻게 하실지 잘 생각해 보세요. 수술한다면 내년 4월까지는 해야 합니다."

선생님은 앞으로 어떻게 치료를 할지 유창하게 설명하고, 마지막에 그렇게 덧붙였다.

내 종양은 아직 작아서 당장 수술할 필요는 없다고 했다. 일년 후에 결정해도 충분하다고.

"당연히 수술해야죠."

엄마는 이번에도 기다렸다는 듯 대답했다.

죽지 않으려면 수술하는 수밖에 없으니 선택지는 하나뿐이다. 선생님을 똑바로 바라보는 엄마의 눈빛에서 강렬한 의지가 느껴졌다.

"정말 괜찮아."

병원에서 돌아오는 길에 엄마가 거듭 다짐하듯 한 번 더 말했다. 억지웃음인 게 뻔한 애처로운 미소를 지으면서.

"……오쿠무라."

어렴풋한 머릿속에 선생님의 목소리가 울려 퍼져 나도 모르게 벌떡 일어났다.

조용한 교실에 우당탕 의자 소리가 울리자, 선생님이 어리둥절한 표정을 지었다.

"응? 아, 축하해요. 이번에 제일 높은 점수였어요."

"……아, 네."

머리를 벅벅 긁으며 작게 대답하고 허둥지둥 의자에 앉았다.

병에 관해 아는 사람은 가족뿐, 같은 반 애들에게는 밝히지 않았다.

보석병은 불치병으로 유명하다. 사실을 털어놓으면 모두 나를 동정하고 마음을 써줄 것이다. 그러면 내가 꿈꾸는 '근사한 청춘'을 보낼 수 없다.

"죄송합니다. 잠깐 딴생각하고 있었어요."

의아하게 나를 쳐다보는 선생님께 솔직히 털어놓자 반 애들이 까르르 웃었다.

무람없는 그 웃음소리를 듣고서야 간신히 마음을 가라앉힐 수 있었다.

◆ ◆ ◆

쇼짱과는 그날 저녁부터 매일 메시지를 주고받았다.

'점심시간에 고마웠어.' '나야말로 고마웠어. 갑자기 놀랐지?'

첫날은 의례적인 대화.

'오늘 방과 후에 잠깐 만날 수 있을까?' '만나고 싶어!'

사흘째는 방과 후에 만나 잠깐 대화를 나눴다.

'주말에 시간 있어? 괜찮으면 같이 어디 안 갈래?' '갈래. 토요일도 괜찮아?' '괜찮아.' '고마워.'

닷새째에는 만날 약속을 멋지게 잡았고, 데이트를 하면서—

'리나, 오늘 고마웠어. 리나랑 사귀게 되어서 정말 기뻐. 지금이니까 말하는데 나도 처음 보자마자 반했거든.' '정말? 기분 좋다. 진짜 좋아해.'

쇼짱이 고백해 주어 우리는 연인 사이가 됐다.

내 사랑은 완벽하게 순조로웠다.

한편, 절친 후보와의 관계는…… 조금, 아니 상당히 고전 중.

이거 만만치 않겠는데?

현실을 직시한 건 친구 선언을 하고 며칠이 지났을 때였다.

"미사토, 오늘 위원회 회의 있지? 특별실 가자."

"응, 오늘은 일정을 짠댔으니 오래 걸릴지도 모르겠다."

친구가 되고 싶다고 부탁하고 미사토도 허락한 그날부터 나는 매일같이 미사토 곁을 맴돌았다.

며칠 차분히 관찰한 결과, 미사토에게 특별히 사이좋은 친구는 없는 것 같았다. 그거 잘됐다 싶어 미사토에게 자주 말을 걸며 호시탐탐 절친의 왕좌를 노렸는데—

"미사토 선배. 안녕하세요."

볼런티어 위원의 첫 모임이 있는 특별실에 들어가자, 작년에도 볼런티어 위원이었다는 후배가 미사토를 보자마자 달려왔다.

"작년에 그렇게 힘들었는데 올해도 또 하시다니 대단해요. 힘들었던 게 저 때문이지만. ……그땐 여러모로 감사했습니다! 선배 덕분에 노인 복지센터 위문 잘 마쳤어요. 올해는 그 은혜에 보답하고 싶어요."

"안녕, 마쓰무라松村. 뭐 대단한 일이었다고. 연극부랑 겸임하느라 힘들었을 텐데 올해도 하는 너야말로 대단하다. 아무튼 올해도 잘 부탁해."

"잘 부탁드립니다! 아, 저……."

멈칫하며 나를 보는 후배 마쓰무라에게 나는 환하게 미소를 지었다.

"아, 오쿠무라 리나라고 해. 내가 누군지 모르는 게 맞아. 올봄에 전학 왔거든."

"그렇군요. 오쿠무라 선배님, 잘 부탁드립니다."

마쓰무라는 나에게도 고개를 꾸벅 숙였다.

"마쓰무라랑 사이가 좋은가 봐."

마쓰무라가 가고 나서 미사토에게 그렇게 말을 걸었지만 별다른 의미는 없었다. 그 여자애를 대하는 미사토가 평소와 똑같이 온화하게 미소를 지었으니까 둘이 아주 친한 사이라고 짐작했을 뿐.

"마쓰무라? 아아, 작년에 딱 한 번 같이 활동했는데 그때 잠깐 얘기 나눴어."

미사토는 아무렇지 않게 대답하며 내 추리를 부정했다.

"정말 예의 바른 애야. 겨우 그 정도 접점이었는데 기억하고 있다 인사도 해주고."

미사토가 감탄했다는 듯이 말한 부분에 대해서는 나도 동의 했지만……

나는 좀 다른 부분, 미사토가 마쓰무라에게 보여준 미소와 대응이 마음에 걸렸다.

미사토의 온화한 미소와 부드러운 말투는 나를 대할 때 보여 주는 것과 완전히 똑같았다.

대충은 느끼고 있었다.

쉬는 시간마다 수다를 떨어도, 같이 위원회 활동을 해도, 소중한 비밀기지를 슬쩍 알려주어도 미사토와 가까워지는 느낌이 없었다.

이 년이나 함께 생활한 같은 반 학생들, 몇 주 전에 만난 나, 과거에 한 번 대화한 적 있는 후배, 누구를 대하든 미사토의 태도는 똑같았다.

미사토는 내게 다정했지만 그건 어디까지나 미사토의 마음씨가 다정하기 때문이었고, 잘 알지도 못하는 후배에게 다정한 것도 똑같은 이유에서였다. 친구라서, 우정을 느껴서 다정한 게 아니었다.

예를 들어 얼마 전에 이런 일이 있었다.

미사토와 같이 걷던 중에 같은 반의 하시다橋田가 미사토를 두고 험담하는 걸 듣게 됐다. 하시다는 그 전날 청소 당번을 미사토에게 바꿔달라고 했는데, 고마워하기는커녕 미사토를 두고 친구에게 이런 소리를 했다.

"심부름꾼인 셈이니까 안 쓰면 손해지."

너무나 무례한 말에 화가 나서 나도 모르게 하시다에게 한마디 쏘아붙이려 했는데, 미사토가 차분한 태도로 나를 말렸다.

"대단한 일도 아니고 고맙다는 인사를 원한 것도 아니야."

평소처럼 붙임성 있는 미소로 그렇게 말했다.

대단한 일이 아니다.

남을 도와줄 때마다 미사토가 꼭 하는 그 말은 그저 겸손이 아니라 미사토의 본심인 것 같다. 남을 돕는 행위는 미사토에게 지극히 자연스러운 일이고 그렇기에 보답을 바라지 않는다. 도움을 준 상대방이 고마워하지 않아도 불평하지 않고, 극단적으로 말하면 상대방이 기뻐하지 않아도 된다고 생각하는 듯했다.

나는 그렇게 대가 없이 남을 돕지 못한다. 내가 도와준 사람이 고마워하고 기뻐하는 표정을 보고 싶다. 아무리 다정한 사람이 되고 싶어도 결국 나는 내 욕심으로 가득해, 호감 가는 사람은 다정하게 대하고 싶지만 싫은 사람에게는 그러기 싫다. 그런데 미사토는 다르다. 남을 대하는 친절한 태도가 미사토에게는 말 그대로 '대단한 일이 아니'었기에 모든 사람을 평등하게 대할 수 있는 것이다.

"있잖아, 미사토, 우리 친구 맞지?"

회의를 마치고 교실로 돌아가는 복도에서 나는 미사토에게
물었다.

"응, 그렇지."

직구로 던진 당돌한 질문에도 동요하지 않고 미사토는 순순
히 대답했다.

"……그럼 마쓰무라는?"

이어서 묻자, 미사토는 당황한 표정을 지었다.

"친구라는 느낌은 아니지. 후배니까."

"그럼, 그럼 마야는?"

"친구는 아니라고 생각해."

"왜 나만 친구야?"

나야 미사토에게 친구 선언을 했지만, 만약 내가 친구라면 주
변 모든 사람도 미사토의 친구라고 할 수 있다. 반대로 그 애들
이 친구가 아니라면 나도 미사토의 친구가 아닐 것이다. 그 정도
로 미사토는 모두를 평등하게 대했다.

"친구라고 말해준 사람이 리나뿐이었으니까."

미사토는 그렇게 대답하고 내게서 시선을 피했다.

"뭐?"

나는 무심코 되물었다.

그건 당연한 건데. 친구는 선언한다고 되는 게 아니다. 함께
시간을 보내다 깨닫고 보면 그런 사이가 되어 있는 것이다. 내가
군이 말로 한 이유는 내 의사를 표명함으로써 여러 단계를 뛰어

넘어 미사토와 절친이 되려는 목적이 있었기 때문이다.

"마쓰무라도 마야도 나를 친구라고 생각 안 하니까."

"……그러니까 미사토, 상대가 어떻게 생각하느냐에 따라 친구인지 아닌지 판단하는 거네?"

"그럴지도."

고개를 끄덕이는 미사토의 평소와 똑같은 온화한 목소리를 들으며 나는 걷잡을 수 없이 슬퍼졌다. 내가 미사토를 친구라고 계속 주장하는 한 미사토 역시 나를 친구라고 생각해 준다. 미사토가 한 말은 그런 뜻인데, 내가 생각하는 '친구'는 그런 일방적인 관계가 아니라 서로 자발적으로 함께 있고 싶어 하는 관계다. 도와줄 때도 상대가 기뻐해 주기를 바라면서 도와주는, 그런 관계.

"미사토는 다정하구나."

미사토의 다정함에는 자기감정은 전혀 없이 오로지 상대의 감정만 있다.

나였다면 상대가 나를 친구라고 여겨도 내가 싫어하면 "친구 아니야" 하고 주장할 텐데. 반대로 상대가 나를 친구라 여기지 않아도 내가 그러기를 바란다면 친구고, 미사토가 바로 그런 경우다.

"갑자기 무슨 말이야?"

미사토가 나를 보고 놀란 표정으로 물었다.

상대방을 가장 우선시할 줄 아는 미사토를 존경하지만 역시 조금 쓸쓸했다.

"아니, 그냥. 다정한 사람이라고 계속 생각했어."

얼버무리듯 웃으며 나는 미사토를 가만히 바라봤다.

지금은 미사토의 다정함에 기대 친구로 지낼 뿐일지도 모른다. 아직은. 그래도 언젠가 미사토 쪽에서 나와 함께 있는 걸 바라주면 좋겠다.

제멋대로지만 다른 사람과 똑같이 여겨지긴 싫다.

미사토의 이 다정하고 붙임성 좋은 미소를 무너뜨리고 싶다. 더 특별히, 더 다정히 대해주기를 바라는 게 아니다. 화 내고 삐지고 어이없어 하고 고집도 부려주면 좋겠다. 미사토가 나를 남이 아니라고 생각해 준다면 최고로 행복할 것 같다.

내 입으로 말하기 그렇지만 나는 노력가다.

미사토에게 성큼성큼 다가가 언젠가 반드시 그런 친구가 되고야 말겠다.

마음속으로 그렇게 결의하며, 나는 조금 전보다 완벽한 미소를 또 한 번 지어 보였다.

◆ ◆ ◆

"누나…… 혹시 좋은 일 생겼어?"

저녁 반찬인 햄버그스테이크를 한 입 먹더니 고등학교 1학년인 동생 유야가 내 얼굴을 빤히 쳐다봤다.

"그러네. 누나는 하여간 알기 쉽다니까."

싱글싱글 웃으며 말한 녀석이 다쓰야, 중학교 2학년.

"……고기."

"고기!"

심각한 표정으로 중얼거린 애가 초등학교 5학년인 신야, 두 팔을 들어 만세를 한 애가 초등학교 1학년인 마사야.

"뭐……? 내 요리, 늘 맛있잖아? 고기도 맨날 먹는데?"

흥미진진하게 쳐다보는 도합 여덟 개의 눈동자에서 시선을 돌렸다.

"음, 그래서…… 오늘 햄버그는 맛이 어때?"

마사야를 바라보며 조용히 물었다.

건방진 다른 남동생들과 달리 마사야는 누나를 잘 따르는, 언제나 내 편인 아이다.

"응, 맛있었어. 근데 다른 때랑 맛이 달랐어. 왜지?"

하지만 이번에는 순진무구하게 대답하며 나를 배신했다.

"고기가 달라."

신야가 즉시 끼어들었고, 유야가 보충 설명하듯 뒤를 이었다.

"평소에는 닭고기랑 비지인데 오늘은 소고기. 그것도 제법 좋은 고기를 다져서 만들었어. ……아, 누나. 진짜 맛있었으니까 안심해."

"그게 뭐야?"

"그러니까 평소에는 닭인데 오늘은 소라는 거야."

다정한 말투로 알기 쉽게 설명하는 유야. 그 옆에서 다쓰야가 키득키득 웃었다.

"누나가 이런 요리를 만든다는 건…… 좋아하는 남자 생겼나 보네?"

건방진 소리에 잠깐 굳었지만 곧 세차게 고개를 내저었다.

"뜬금없이 무슨 소리래?"

"맨날 짠순이 요리만 만드는 누나가 이런 요리를 만들었다면, 남자 말고는 이유가 없어. 이렇게 좋은 고기를 썼으니 누나 용돈까지 보탰겠네? 수고가 많아."

지적하고 싶은 부분이 많았지만 특히 전반부에 발끈한 나는 실실 웃는 다쓰야를 노려보았다.

"짠순이 요리만 만든다니……. 우리 집 경제 사정을 고려해서 최대한 양 많은 요리를 하는 거잖아? 도대체 너희는 식욕이 너무 왕성하다니까? 맨날 이렇게 먹으면 금방 돼지가 되고 말걸. 너희가 먹는 양에 비해 마른 건 다 내 요리 덕분이야."

"아하, 누나가 그렇게 여기저기 다 마른 것도 우리한테 맞춘 요리를 먹어서 그런 거구나……. 아, 송구합니다!"

다쓰야는 내 얼굴에서 살짝 아래로 시선을 내리더니 머리에 손을 짚고 유난스럽게 비틀거렸다.

영문을 몰라 그 시선을 따라간 후에야 간신히 다쓰야의 의도를 이해했다.

"그, 러, 니, 까, 가슴이 빈약하다, 이 소리지?"

내가 다쓰야의 가슴팍을 움켜쥔 그때―

"잠깐, 밥은 좀 편하게 먹자."

유야가 타이르며 우리 사이에 끼어들었다.

"두고 보자, 다쓰야. 내일 저녁은 네가 싫어하는 표고버섯만 잔뜩 넣어줄 테니까."

"으악, 좀 봐줘. 누나 정도로 쪼끄만 가슴이 우아해서 좋다는 사람도 있을 거야."

"입 닫아라."

나는 목소리를 한 톤 낮춰 경고하고 한숨을 내쉬었다.

"……그런데, 어떻게 알았어?"

실실 웃음만 흘리는 다쓰야를 대신해 유야가 눈치를 살피며 대답했다.

"누나, 예전에도 비슷한 일 있었잖아? 좋아하는 선배한테 도시락 싸준다고 재료 듬뿍 넣은 럭셔리 돈가스 샌드위치 연습 삼아 만들어서 우리한테 먹으라고. 이번에도 그런 거겠지 싶어서. ……그래서, 어떤 사람이야?"

아무래도 전부 꿰뚫어 봤나 보다.

이쯤 되면 변명해 봐야 의미가 없다. 나는 포기하고 솔직하게 대답했다.

"엄청 좋은 사람."

쇼짱이 어떤 사람인지 모르는 부분도 많다. 그래도 이것만큼은 단언할 수 있다.

"그럼 이번에는 잘되겠네."

신야가 조용히 하는 말을 듣고 나는 입을 꾹 다물었다.

맞다, 돈가스 샌드위치를 만들어준 선배에게는 차였다.

"확실해. 진짜 좋은 녀석이면 괜찮아. 잘될 거야."

"아니, 근데…… 진짜 좋은 녀석 맞아? 사랑하면 눈이 먼다잖아. 또 시답잖은 녀석일 가능성도 있지 않겠어? 누나, 다음에 한번 집에 데려와."

"좋네. 우리가 봐줄게, 진짜 좋은 녀석인지 아닌지."

"그래. 그게 제일 좋겠네."

나를 무시하고 알아서 이야기를 진행하는 다쓰야와 유야를 바라보며 한숨을 쉬었다.

어쩌다 사귄 지 얼마 되지도 않은 남자친구를 집에 데려오라는 이야기로 흘러간 건가.

……어? 아, 그렇구나. 쇼짱은 이제 내 남자친구구나.

"누나. 왜 얼굴이 빨개?"

"어?"

마사야의 의아해 하는 목소리에 퍼뜩 정신을 차렸다.

어느새 남동생들이 나를 또 빤히 쳐다보고 있다.

"잘돼가나 봐. 하긴 당연하지. 우리 누난데!"

"좋아하는 사람이라고 너무 붕 뜨면 안 돼. 신중하게, 신중하게."

"……축하해."

"축하해!"

자신만만하게 나를 칭찬하는 다쓰야, 염려해 주는 유야, 솔직하게 축복해 주는 신야와 마사야. 조금 건방지긴 해도 남동생들 모두 다정하고 착하다.

그리고—

"다녀왔습니다."

"엄마?"

낮에는 플라워 코디네이터로, 밤에는 야간 영업하는 꽃집에서 점원으로 일하는 엄마는 쉬는 날인 월요일 말고는 밤늦게나 집에 온다. 오늘은 목요일인데 이 시간에? 무슨 일이지?

"아, 열이 좀 있어서. 혹시 몰라서 일찍 퇴근했어."

엄마가 봄 코트를 벗으며 별일 아니라는 듯 말했다.

"괜찮아?"

"괜찮지! 걱정 마. 조금 피곤해서 그래. 하룻밤 푹 자고 나면 기운 날 거야."

냉큼 달려간 마사야의 머리를 마구 쓰다듬고 생긋 웃은 엄마는 컵에 든 물을 꿀꺽꿀꺽 마시고 기분이 좀 나아졌는지 식탁을 둘러봤다.

"맛있어 보이네."

"엄마 거 따로 있어. 먹을 수 있겠어?"

"음, 내일 아침에 먹을게. 오늘은 일단 샤워하고 자야겠어."

밝게 웃으며 그렇게 말한 엄마는 우리를 순서대로 보고 다시 차분하게 말했다.

"엄마 괜찮으니까 걱정 마."

욕실로 가는 엄마의 마르고 여윈 등을 바라보며 생각했다.

우리 가족을 사랑한다.

마음 착한 남동생들과 열심히 노력하는 엄마를, 진심으로 사랑한다.

그러니까 나는 세상에서 제일 사랑하는 가족을 위해 꼭 죽어야 한다.

병명을 들은 그날, 집에 돌아오자마자 엄마는 동생들에게 이야기했다. 동생들의 눈동자에 떠오른 절망의 빛을 보고서야 나는 비로소 현실을 받아들였고, 이어 생각했다.

미련 없이 죽음을 선택해야 한다고.

보석은 돈이 된다. 그 돈이 있으면 오쿠무라 가족은 지금보다 행복해진다.

오카모토 선생님은 설명해 주지 않았지만, 텔레비전 다큐멘터리에서는 보석병을 이렇게 소개했다.

아름답게 반짝이는 물방울은 숙주가 죽은 후에만 꺼낼 수 있습니다. 다시 말해 숙주의 생명이 응축된 보석이지요. 숙주의 인생에 따라 색이나 빛이 바뀐다는 말도 단순한 속설로 볼 수 없습니다.

숙주가 죽은 후, 보석에 이름이 붙여진다. 보석 이름은 '물방울 협회'라는 자선단체가 정한다는데, 본인을 모르는 제삼자가 물방울의 인상만 보고 붙였을 그 이름이 신기하게도 개인의 인생과 사람 됨됨이를 상징한다고 한다.

청년의 물방울에는 '바다의 물방울'이라는 이름이 붙었다.

빨려 들어갈 듯한 진청색으로, 잔잔한 바다처럼 찬란하게 반짝여 가만히 들여다보면 마음이 차분해진다. 그의 인생을 앗아간 그 보석에는 그가 어부로 일생을 바쳐도 손에 넣지 못할 정도의 가격이 붙었다.

가족을 사랑한 그는 여러 차례 수술을 받았으나, 괴로운 수술과 재활을 반복하는 삶에 지쳐 치료를 포기했다. 고생시킨 가족에게 돈을 남겨 행복하게 해주고 싶다. 다큐멘터리는 그가 울음을 삼키며 말하는 영상 편지로 끝났다.

시청자 의견은 찬반으로 엇갈렸다는데, 나는 그의 마음을 이해한다.

그깟 돈, 목숨에 비하면 돈은 아무것도 아니다, 그렇게 간단히 말할 수 있는 사람은 돈 때문에 고생한 적 없는 사람이다.

모든 행복을 돈으로 사진 못해도 행복 중 일부는 분명 돈으로 살 수 있다.

넘쳐나는 미소와 무한한 애정. 돈으로 사지 못하는 행복을 오쿠무라 가족은 이미 가졌다.

부족한 것은 돈으로 해결할 수 있는 부분뿐.

내가 지금 아름다운 보석을 남기면 우리 가족은 행복해진다.

십 년이나 더 살면 의미가 없다. 남동생 넷에게 돈이 들어가는 당장 수입이 필요하다.

그러니 나는 수술을 받지 않고 이대로 죽어야 한다.

그리고 가치 있는 물방울을 만들기 위해 근사한 청춘을 보내야 한다.

그것만이 사랑하는 가족을 위해 내가 할 수 있는 일이다.

"……좋아. 달걀술* 만들어야지."

내가 말하자, "나도 도울래!" 하고 마사야가 손을 들었다.

"그럼 나는 죽이라도 쑬까? 다쓰야 비장의 영양죽."

다쓰야는 냉장고를 뒤졌고, 신야는 묵묵히 얼음주머니를 준비했다.

"나는 약 사 올게."

겉옷을 입은 유야에게 조심해서 다녀오라고 당부하며 다시금 생각했다.

역시 나는 가족을 사랑한다.

벅찰 만큼, 진심으로 사랑한다.

● 끓인 청주에 달걀을 풀어 마시는 약용주.

◆ ◆ ◆

"이것도 줄게."

두 번째 데이트를 한 다음 날 점심시간.

직접 만든 도시락을 쇼짱과 함께 먹으며 싱거운 수다를 떨던 때였다.

가방에서 꺼낸 건 노란색 펠트로 만든 부적 주머니.

"와, 고마워! 이거, 어제 본 영화에…… 진짜 만들어주다니."

양팔을 번쩍 들고 호들갑스럽게 기뻐하는 쇼짱을 보니 왠지 마음이 놓였다.

쇼짱의 말대로 부적 주머니는 전날 본 영화에서 여주인공이 연인에게 준 걸 흉내 내 만든 거였다.

실은 오전에 절친 만들기 계획의 일환으로 그 영화를 봤다는 미사토에게도 선물했는데 미사토는 그다지 기뻐해 주지 않았다 (평소처럼 온화하게 웃으며 "고마워" 하고 말했지만 예의상 하는 소리인 게 훤히 보였다).

그래서 오전 내내 쇼짱은 기뻐해 줄까 걱정하고 있었다.

"만드느라 힘들었겠다."

부적 표면을 살살 쓰다듬으며 말하는 쇼짱의 목소리에서 기쁨이 묻어났다. 수예는 특기라 그다지 힘들진 않았지만 굳이 밝히진 않았다.

"나라고 생각하고 소중히 여겨줘."

대신 여주인공의 대사를 따라 했다.

영화는 여자 경호원이 악당 조직의 위협에서 청년을 지키기 위해 분투하다 사랑에 빠지는 로맨스물. 흔하디흔한 이야기였지만 위험한 순간마다 몸을 던져 청년을 지키는 여주인공 지아키チアキ가 얼마나 멋지던지. 평소에는 무뚝뚝한데 청년이 약한 모습을 보일 때면 아무 말 없이 안아준다. 퉁명스럽지만, 그래서 더욱 언뜻언뜻 보이는 여성스러움에 같은 여자인 나까지 가슴이 뛰었다.

지아키는 영화 중반쯤 청년의 곁을 떠나지만 둘은 재회를 약속한다. 헤어질 때 지아키가 직접 만든 부적을 건넨다. 손재주는 없지만 정성 들여 만든 부적을 주고받으며 서로 건투를 빈다.

쇼짱은 반짝반짝 빛나는 표정으로 한 번 더 "고마워!" 하며 웃고는 의미심장하게 말했다.

"리나는 정말 지아키랑 비슷해."

"……그, 그런가?"

얼굴이 딱딱하게 굳어지는 게 느껴졌다.

지아키는 쿨한 여자 경호원. 적이라면 무차별하게 총을 쏘고 도발당해도 냉철함을 잃지 않으며, 최종 결전에서 이긴 뒤에도 시니컬한 미소를 지을 뿐. 차가운 머리와 뜨거운 심장, 글래머러스한 몸까지 겸비한 최고로 멋진 여성.

말할 것도 없이 나와 닮았을 리 없다.

남동생을 괴롭힌 골목대장에게 보복하겠다고 이길 리도 없는데 주먹을 휘둘렀던, 좋아했던 선배에게 가슴이 빈약하다고 놀림받고 밤새 끙끙 앓았던, 오늘 아침 자전거로 개구리를 깔아뭉갤 뻔해서 무심코 비명을 질렀던 나와는 하나도 닮지 않았다. 그런데…….

"닮았다니까. 진짜야. 리나는 정말 내 이상형 그 자체야."

어제부터 쇼짱은 자꾸만 그렇게 말하며 초롱초롱한 눈동자로 나를 바라봤다.

쇼짱은 내 성격을 완전히 잘못 봤다. 내가 갑자기 헌팅한 점이나 이후 긴장해서 말수가 적어진 점, 지망하는 대학에 반드시 입학하겠다고 열변을 토한 점에서 나를 쿨하면서 뜨거운 심장을 지닌 어른스러운 여성이라고 착각한 거다.

"……아무래도 좋아. 나를 어떻게 생각할지는 쇼짱 자유니까."

오해를 풀고 진짜 내 모습을 보여줘야 한다는 것은 안다. 하지만 간신히 찾은 연인에게 미움을 받기 싫어 자꾸만 지아키처럼 연기하게 됐다.

작게 한숨을 쉬었을 때, 쇼짱이 생각났다는 듯 물었다.

"맞다, 리나는 갖고 싶은 거 없어?"

"갑자기 왜?"

내가 고개를 갸웃거리자, 쇼짱이 수줍어하며 말했다.

"도시락이랑 부적 만들어줬으니까 답례로 뭔가 선물하고 싶어서."

그 말을 듣자 자연스럽게 미소가 번졌다. 내 연인은 어쩜 이리

다정할까.

뭐가 좋을지 잠깐 고민하는데 좋은 생각이 떠올랐다.

"꽃. 꽃이 좋겠어."

쇼짱이 고개를 끄덕이고 웃어주었다.

"알았어. 그럼 영화 주인공에게 지지 않도록 매달 선물할게."

"매달은 됐어! 나도 매달 부적 만들어주는 거 아닌데."

나는 허둥거리며 거절했다.

"그럼 계절마다. 무슨 꽃이 좋아?"

쇼짱은 명안을 떠올렸다는 듯 히죽 웃었다.

선물 자체보다 쇼짱이 일 년간 헤어지지 않을 것을 전제로 말해줘서 기뻤다. 미안한 마음도 들었지만 받기로 했다.

"봄엔 빨간 튤립. 여름엔 도라지꽃, 가을엔 빨간 장미, 겨울엔 분홍 스토크려나."

"앗, 한 번만 더! 적어둬야지, 금방 까먹을 거야. 어, 봄에는?"

쇼짱이 당황하며 주머니에서 휴대폰을 꺼냈다.

5월의 따뜻한 산들바람이 사르륵 불어와 화단에 핀 제라늄의 달큼한 향이 우리를 감싸 안았다. 풋풋한 커플을 축복해 주듯이.

쇼타,

초초한
6월,

결심한
7월

나는 지금 수험생의 귀감이란 게 된 건지도 모르겠다.

노력은 배신하지 않는다.

교실 벽에 붙은 거대한 포스터에는 이 학원의 교훈이 적혀 있었다.

강렬한 필치로 적힌 그 문장을 속으로 읽은 뒤, 손에 쥔 종이를 차분히 살폈다.

"이 문제는 정답률이 높았습니다."

은테 안경을 쓱 올리며 수학 강사인 이와무라岩村 선생님이 말했다. 선생님 말대로라면 아무래도 나는 소수파인 듯했다. 내

답 위에는 커다랗게 엑스 표시가 되어 있다.

전방의 화이트보드를 뚫어지게 쳐다보는 나는 틀림없이 이 교실에서 1, 2위를 다투는 성실한 학생이다.

그래, 태도와 마음만 놓고 본다면.

그러나 슬프게도 의욕과 우수함이 반드시 일치하진 않는다. 내 성적은 압도적으로 최하위였다. 점수만이 전부인 이 공간에서 나는 꾸벅꾸벅 졸기 시작한 남학생보다도, 필담을 나누며 웃는 여학생보다도 한심한 패배자인 것이다.

시선을 답안지로 돌리자 대다수를 차지하는 엑스 표시와 압도적으로 적은 동그라미가 보였다. 오른쪽 위에 적힌 점수는 삼십삼 점. 참고로 백 점 만점이 아니다. 이백 점 만점이다.

지망 대학 합격 가능성은 당연히 최하등급인 E 판정. 즉 합격률 20% 미만.

학원의 담당 강사는 합격은 어려우니 지망 대학을 바꾸라고 권했고, 부모님은 말은 힘내라고 하면서도 걱정스러운 표정을 숨기지 못했다.

그렇지만, 나는 도저히 무리일 것 같은 M 대학에 어떻게든 합격하고 싶었다.

아! 작년까지 태평하게 지내던 내게 욕을 퍼붓고 싶다. 대학 따위 솔직히 들어만 간다면 어디든 상관없었다. 매번 있는 정기 시험을 해결할 생각만 했지 입시를 의식한 공부는 일절 안 했다.

올봄부터 심기일전해 성실히 공부했고, 지난달부터 이 학원에 다녔다. 요즘은 수면 시간도 줄여가며 공부한다. 이번 모의고사에서는 그 덕에 삼십삼 점이다. 지난번에는 칠 점이었으니 이래 보여도 대단한 약진이다.

"이건 아주 기초적인 문제입니다."

그렇게 운을 떼며 선생님이 화이트보드에 풀이를 적었다. 끽끽거리는 마커 소리를 들으며 문제 풀이를 머릿속에 완벽하게 때려 넣었다.

"간단하죠?"

담담하게 말하는 이와무라 선생님의 은테 안경 너머로 보이는 눈동자는 웃지 않았다. 이걸 간단하다고 생각하지 않는 학생과는 볼일이 없다. 그렇게 말하듯이.

침착해. 침착해. 한 걸음씩 전진할 수밖에 없어.

노력은 배신하지 않는다.

포스터에 적힌 믿음직스러운 문장을 다시금 눈에 새겼다.

유리창 너머는 어두컴컴했고 굵직한 빗줄기가 세찬 파도처럼 내리쳤다. 이중 유리라 소리는 안 들렸지만 보기만 해도 기분이 울적해졌다.

장마철이 한창인 6월의 거센 빗줄기는 내 속마음을 투영한 듯했다. 안달복달해도 소용없다는 걸 알면서도 자꾸만 가슴이 답답해졌다.

날마다 걷잡을 수 없는 초조함에 번민하는 6월이었다.

세 시간 연달아 수업을 듣고 교실 구석에서 저녁을 먹었다.

편의점에서 산 주먹밥 두 개. "탄수화물만 먹으면 영양이 너무 치우치잖니?" 어머니가 도시락을 싸주겠다고 했지만 끈적끈적하고 후덥지근한 이 계절에 밤까지 도시락을 들고 다니면 금방 상한다. "지금은 열심히 해야 할 때잖아요." 내가 말하자 어머니는 눈물을 글썽였다.

"저기요, 쇼타 군이라고 불러도 될까요?"

아무와도 어울리지 않고 혼자 밥을 먹는 내게 친근히 말을 걸어온 건 짧은 갈색 머리가 잘 어울리는 발랄한 여자아이. 쓰카사하마니시 고등학교 교복을 입은 모습을 몇 번 봐서 왠지 인상에 남았는데 얼굴만 알지 이름은 몰랐다. 당연히 얘기를 나눠본 적도 없었다.

"무슨 일로?"

미간에 잔뜩 힘을 주어 험악한 표정을 짓고 무뚝뚝하게 대꾸했는데─

"가시와기 하루카柏木晴香라고 해요."

상대는 생글생글 웃는 얼굴로 말했다.

말 걸지 말라는 기운을 내뿜었는데 아무래도 안 통한 것 같았다. 애초에 나는 여자 같은 얼굴이라 위압감을 주는 표정은 무리다.

리나와 막 사귀었을 때 내 나름으로는 멋있게 보이려고 했는데도 "여자애처럼 귀여워" 하는 소리를 듣고 힘이 쭉 빠졌던 게 떠올랐다.

그때의 리나를 떠올리게 하는 순진한 미소에 독기가 쭉 빠져나간 나는 억지 티가 나는 뚱한 표정을 거두었다.

"저한테 무슨 용건이라도?"

"하루카라고 불러요. 음, 우리는 쇼타 군이랑 친하게 지내고 싶거든요……."

가시와기는 시원시원하게 말하며 앞쪽 책상을 가리켰다.

"우리?"

그녀가 가리킨 곳을 보니 긴 까만 머리의 여학생, 짧은 머리의 남학생이 저녁을 먹고 있다.

여자 쪽은 모르지만 남자 쪽은 알았다. 출중한 머리로 모의고사에서 전국 순위권에 이름이 오르는, 말을 나눈 적은 없어도 유독 튀는 녀석. 이름이 뭐더라?

"남자애는 다구치 마사히로田口正弘, 여자애는 가와사키 노조미川崎希美."

"아, 으음."

빤히 쳐다보다 다구치 군과 시선이 마주쳤다. 한 손을 번쩍 드는 서슴없는 태도에 당황하며 가볍게 고개를 까딱였다.

"우리는 밥도 같이 먹고 공부도 같이 해요. 쇼타 군은 늘 혼자니까 같이 어울리면 어떨까 해서요. 즐거울 거고 공부에도 도움

될 거예요."

선심 넘치는 말이다. 아마도 착한 사람일 테지. 내가 기뻐할
줄 알고 손을 내밀었을 거다.

하지만…….

"난 여기 친구 사귀러 온 게 아니라서요."

나는 고개를 세차게 저으며 단호하게 거절했다.

다른 사람과 왁자지껄 어울릴 마음은 없다.

지망 대학에 합격한다. 나는 그것만 생각하며 이 학원에 다니
고 있으니까.

가시와기는 순간 눈을 휘둥그레 뜨더니 곧 입가를 가볍게 올
려 웃었다.

"그건 알고 있어요."

형광등 빛을 받은 갈색 머리가 반짝 빛났다.

"오히려 그래서 쇼타 군한테 좋은 제안일 거예요."

가시와기는 내 앞에 털썩 앉더니, 재미있는 장난을 떠올린 어
린애처럼 배시시 웃었다.

"왜죠?"

이런 걸 작은 호의가 오지랖이 되는 경우라고 해야 할까. 한숨
섞어 물었는데 가시와기는 의기양양한 얼굴로 대답했다.

"쇼타 군, 이 반에서 최고로 바보잖아요. 우리가 공부 가르쳐
줄게요."

말이 너무 심했지만 반박할 수 없었다.

이 학원은 지망 대학에 따라 반을 여러 개로 나눈다. 내가 속한 이 반은 상위 반이라 다들 머리가 좋다. 신청하고 돈을 내면 나 같은 바보도 수강할 수 있지만 수준이 너무 높으니 따라가질 못하고, 패배감이나 열등감 등등을 견디다 못한 바보는 금방 반을 옮긴다.

그런 이유로 지금 시점에서 이 반의 최고 바보는 가시와기 말대로 분명 나였다.

"왜 그런 바보를 무리에 끼워주려는 건데요?"

바보와 어울려도 득 볼 게 없을 텐데.

"쇼타 군은 좋은 사람 같으니까요. 같이 어울리려면 성격이 제일 중요하지 않겠어요?"

야유를 담아 한 말인데 당연하다는 듯 받아쳐 나도 모르게 맥이 풀렸다.

그렇게 깎아내려 놓고 설마 이런 칭찬을 할 줄이야.

"그리고 머리 담당은 다구치 하나면 충분해요. 쟤에 대해서는 잘 알죠? 참고로 나랑 가와짱…… 저 여자애 성적은 중에서 상 정도예요. 아주 똑똑하진 않아도 쇼타 군보다는 나으니까 기초쯤은 가르쳐줄 수 있어요."

생글거리며 시원시원하게 하는 말에 조금 망설여졌다.

확실히 내게는 좋은 제안이다. 하지만 여자애들과 어깨를 나란히 하고 공부하는 걸 리나가 용서해 줄까. 리나는 질투심이 굉장히 강하다. 자기가 모르는 곳에서 모르는 여자애와 내가 어울리면 싫어할지도 모른다.

주머니에 손을 넣고 리나가 준 부적을 꽉 움켜쥐었다.

"괜찮은 얘기죠?"

그렇지만, 어떻게 해서든 지망 대학에 합격하고 싶었다.

다른 누구도 아닌 리나를 위해서.

"……좋아요."

나는 고개를 힘차게 끄덕이고 가시와기를 향해 웃어 보였다.

"잘 부탁해요, 가시와기 씨."

"그럼 이제 반말해도 되지? 쇼타도 그렇게 해. 자, 가자!"

기운차게 일어난 가시와기에게 이끌려 다구치와 가와사키 앞까지 끌려갔다.

"쇼타를 동료로 영입하는 데 성공했습니다!"

가슴을 펴며 외친 가시와기가 팔꿈치로 꾹 찔러 나도 허둥지둥 미소를 지었다.

"어…… 알다시피 바보지만, 열심히 할 테니까 잘 부탁해."

"오, 잘 부탁해."

"같이 열심히 하자."

다구치와 가와사키가 따뜻하게 환영해 주었다.

스스럼없는 그들 표정에 기뻤지만, 심장이 따끔따끔 아팠다.

한눈을 팔 편한 구실을 찾아 앞으로 죄책감 느끼지 않고 숨돌릴 수 있다고 안도한 것은 아닐까. 속으로 그런 질문을 던질 수밖에 없었다.

"……고마워, 가시와기 씨."

내가 앉을 의자를 끌어준 가시와기에게 인사했다.

"에이, 하루카라고 부르라니까."

가시와기가 명랑하게 웃었다.

◆ ◆ ◆

"쇼타, 너 진짜 바보구나?"

커다랗게 엑스 표가 쳐진 노트를 보고 다구치가 웃었다.

"할 말이 없다. 나 바보야. 올봄까지만 해도 공부 하나도 안 했어."

가시와기가 말을 걸어준 날부터 나는 쉬는 시간마다 세 사람과 어울렸다.

잡담을 나누는 만큼 순수한 공부 시간은 줄었지만 효율은 높아졌다. 모두 머리가 좋아 공부하는 법을 잘 알았다. 그걸 배우며 시간을 유의미하게 쓰는 법을 익혔다.

"그래도 쇼짱은 이해력이 좋은걸. 얼굴도 귀엽고."

"지금까지 제로였으니까…… 그런데 가와사키, 얼굴은 상관없잖아."

가와사키의 다정한 말에 나는 어이없어 하며 웃었다.

"어이, 쇼타. 거기 틀렸어. 실실 대지 말고 고쳐."

"이러쿵저러쿵해도 다구치는 남을 잘 돌본다니까."

"시끄러워, 가시와기."

다구치가 퉁명스럽게 말하면 가와사키가 묘한 각도에서 위로해 주고 가시와기가 툭 끼어든다. 잠깐 어울렸을 뿐인데 멤버 전원의 성격과 각자의 역할을 이해한 나는 이 무리에 내가 끼게 된 의미를 대충 헤아릴 수 있었다.

다구치와 가시와기는 할 말은 하는 깐깐한 성격. 가와사키는 얌전하지만 주변 신경 쓰지 않는 자유인. 셋 다 좋은 녀석이지만 분위기를 읽어가며 대처하는 이른바 쿠션 역할을 하는 인물이 없다. 그래서 셋의 관계가 조금 삐걱거렸다.

나는 바보지만 붙임성은 좋은 편이다. 그 점을 인정해 같이 지내기 적당하다고 판단했을 것이다.

"왜 틀린 건데?"

내가 낮게 끙끙대자, 다구치가 "너도 참" 하고 중얼거리면서도 "문법이……" 하고 자세히 설명해 주었다.

이 셋이, 특히 다구치가 공부를 가르쳐줘서 얼마나 고마운지.

다구치의 유창한 해설을 받아 적는데 갑자기 창밖에서 눈부신 섬광이 내달렸다.

잠시 후, 우르릉 쾅쾅! 사방에 굉음이 울렸다.

"어머, 소리 대단하다."

"비는 그쳤는데."

귀를 막은 가와사키와 표정 하나 안 변하는 가시와기의 대조적인 모습.

창밖은 어두컴컴한 잿빛이었다.

오늘은 아침부터 날씨가 영 이상해 비가 오다 그쳤다 반복했다. 조금 전까지 내리던 비가 지금은 그쳐 홈통을 따라 굵직한 물방울이 뚝뚝 떨어졌다.

물방울을 보자 불현듯 리나가 떠올랐다.

리나의 커다란 눈동자에서 주르륵 흘러내린 동그란 눈물방울.

리나의 눈물을 본 건 그때가 처음이었다.

"나, 죽을 거야."

리나는 나와 눈을 마주치고 환하게 웃었다.

활처럼 가늘어진 눈가, 균등하게 올라간 입술, 오른쪽 뺨에 생긴 보조개.

미소가 그야말로 완벽해 오히려 금방 알아차렸다.

리나가 온 마음을 담아 꾸민 강한 척하는 미소라는 걸.

상황에 어울리지 않게 밝은 리나의 목소리를 들으며 온몸에서 체온이 빠져나가는 듯했다.

보석병은 이름대로 물방울이라는 보석이 생겨나는 병으로 유명하다. 병사한 사람에 대한 텔레비전 다큐멘터리가 가끔 방영됐고, 그 물방울이 수십억 엔*에 매각됐다는 뉴스도 본 적 있다. 인간의 죽음으로 만들어진 보석. 악취미라고 생각했지만, 반짝

● 한화 수백억 원 상당.

이는 보석은 눈이 휘둥그레질 정도로 매혹적이었다. 예전에 뉴스에서 물방울을 봤을 때, 분명 나는 그렇게 생각했다.

하지만 전부 나와 무관한 세계에서 벌어지는 일일 거라 생각했다.

비싸면 수십억 엔까지 값이 나가는 환상의 보석 물방울도, 그보석을 만들어내는 병도, 병에 걸려 죽는 누군가도.

그런데 다른 사람이 아닌 리나가 보석병에 걸렸고, 그래서 죽는다고 하는 거였다.

"……싫어."

나도 모르게 힘 빠진 목소리로 중얼거렸다.

입에서 흘러나오는 말을 막을 수가 없었다.

"살아줘. 리나, 부탁이야……."

매달리듯 말한 그 순간, 리나의 얼굴이 잔뜩 일그러졌다.

눈동자에서 뚝뚝 굵직한 눈물이 흘러넘쳤고 입에서 신음이 새어 나왔다.

그런 리나를 끌어안으며 나도 소리 내어 울었다.

다른 사람 앞에서 그렇게 오열한 건 철든 뒤로는 처음이었을 것이다.

"……고마워."

얼마나 시간이 흘렀을까. 한참을 울다가 결국 눈물이 말라버린 리나가 울먹이며 웃는 표정으로 속삭였다.

◆ ◆ ◆

순식간에 7월이 찾아왔다.

아침 일찍 등교해야 하는 학교와 달리 학원의 여름 수업은 점심 전에 시작됐다.

야행성 생활에 완전히 익숙해져 새벽 두 시가 되어도 하나도 졸리지 않았다. 문제집을 다 풀고 식어버린 커피를 한입에 마신 뒤, 있는 힘껏 기지개를 켰다.

방이 쥐 죽은 듯 고요해 째깍거리는 초침 소리만 들렸다. 부모님이나 선생님은 각종 데이터를 끌고 와 야행성보다 아침형이 좋다고 했지만, 누가 뭐래도 한밤중의 이런 정적인 분위기에서 가장 집중이 잘됐다.

커튼 사이로 밖을 내다보려다 새까만 어둠에 떠오른 나 자신과 눈이 마주쳤다.

길게 자란 머리카락, 푹 꺼진 뺨, 피로로 몽롱해진 눈동자.

우중충한 얼굴이네, 남 일처럼 생각하는데 문득 리나가 보고 싶었다.

"……보고 싶다."

말로 꺼내놓자 감정이 점점 더 깊어져 나도 모르게 입술을 깨물었다.

휴대폰을 조작해 리나의 전화번호를 띄웠다. 리나가 수줍게 웃고 있는 화면을 가만히 바라보며 망설이다 결국 화면을 껐다.

크게 숨을 내쉬고 주머니에 넣어둔 노란 부적 주머니를 손에
쥐었다.

리나가 손수 만들어준 부적.

어딜 가나 들고 다녀 많이 지저분해졌다. 갓 태어난 병아리처
럼 풋풋한 노란색이었는데 지금은 색이 칙칙하다.

"……리나."

정말 좋아하는 내 여자친구.

내 첫 연인.

"……힘내자."

담담히 다짐하고 참고서를 펼쳤다.

리나가 보고 있다고 생각하면 게으름 피울 수 없다.

◆ ◆ ◆

수업 하나를 끝낸 찰나의 쉬는 시간.

"쇼타, 지망 대학 어디야?"

갑자기 다구치가 물었다.

"어?"

고개를 들자 다구치가 나를 빤히 보고 있다.

"있을 거 아냐? 명확한 목표가 없으면 그 정도로 노력 못 하지."

내 지망 대학은 지금 실력으로는 꿈도 못 꾼다.

코웃음을 치며 무시하겠지만 무슨 상관이냐 싶어 털어놓았다.

"M 대학."

불안한 심정을 일절 드러내지 않고 당당히 말했다.

"거기구나? 그럼 진짜 열심히 해야겠네."

다구치는 놀라지도 않고 평온하게 말했다.

"……무리라는 소리는 안 하네?"

"뭐, 지금 상태로는 무리겠지만 열심히 하면 돼. 내가 가르쳐 주는데 안 붙을 리 없지."

얼마 전까지만 해도 "진짜 바보구나" 하고 비웃었으면서. 아무렇지 않게 대꾸하는 다구치는 그 바보가 상위권 대학에 합격할 수 있다고 진심으로 생각하나 보다.

"아직 여름이니까. 노력 여하에 따라 어떻게든 될 거야. 나도 지금 상태로는 아슬아슬하니 열심히 해야겠다."

옆에서 우리 얘길 듣고 있던 가와사키가 생글생글 웃었고, 가시와기는 놀라며 말을 보탰다.

"나도 M 대학 지망인데 같은 데네! 그나저나 모두 도쿄에 있는 대학을 지망하는구나."

아무도 무리라고 안 하는 게 놀라워서 한심하게도 울 뻔했다.

얼른 천장을 올려다보자 형광등의 창백한 빛이 몽롱하게 번져 보였다.

"쇼타는 붙고 가시와기가 떨어지면 재밌겠는데?"

"불길한 소리 하지 마, 다구치!"

"둘 다 합격할 거야. 그러면 M 대학에 놀러 갈게."

나보다 훨씬 똑똑한 세 사람이 내 합격을 믿어준다.

반드시 합격해 줄 테다.

마음속으로 단단히 결심한 7월이었다.

"근데 왜 M 대학이야?"

"그건······."

리나가 M 대학을 지망한다는 얘기를 들은 건, 리나의 소중한 비밀기지인 비상계단 층계참에서 점심을 먹을 때였다.

"마야는 한 살 많은 남자친구랑 같은 대학에 가는 게 목표래. K 대학. 같이 캠퍼스를 걷고 싶다더라."

리나랑 친한 마야는 학생회 부회장도 맡아 눈에 띄는 아이. 인망은 두터운 듯했지만 성적은 그다지 좋지 않은데. 상위권인 K 대학은 어렵지 않을까? 나는 주제도 모르고 건방지게 생각하며 "그래?" 하고 고개를 갸웃거렸다.

"예전에 진로지도 때, 학교 특색이나 연구 내용을 잘 조사하고 결정하라 하던데. 그런 이유로 지망 대학을 정할 수 있다니 놀랍다."

중대한 일이니 충분히 고민해 결정하고 목표를 위해 노력하도록. 내 기억이 정확하다면 진로지도 선생님은 위엄 있는 얼굴로 그렇게 말했다.

"물론 선생님들은 그렇게 말하지만······. 우리는 고등학생이니까 그런 실체 없는 걸 위해서는 노력 못 하지."

리나는 불만스럽게 입술을 삐죽이고는 긴 머리카락을 손가락으로 빙글빙글 감았다.

"단순히 편차치*나 취직률 같은 수치를 판단 기준으로 삼거나, 학교 건물이 멋있다거나, 그런 알기 쉬운 이유가 오히려 동기로 이어지는 것 같거든. 남자친구랑 같은 대학에 가고 싶은 마음, 난 이해돼. 의욕이 생길 이유로 충분하고, 실제로 마야는 정말 열심히 하는걸."

"……그러네."

내가 수긍하자 리나가 환하게 웃었다.

듣고 보니 맞는 말이었다.

한참 뒤의 장래는 상상하기 어렵지만 내년에 연인과 나란히 캠퍼스에서 데이트하는 모습이라면 상상할 수 있다.

옆에 앉은 리나를 힐끔 보고, 그녀와 손을 잡고 대학 여기저기를 걷는 내 모습을 상상했다. 나도 리나도 교복이 아니라 사복, 대학생답게 지금보다 어른스러운 차림이다. 나는 약간 차가운 리나의 손바닥을 감싸 쥐듯 그녀의 손을 조심스럽게 잡는다. 그리고—

"왜 그래? 괜찮아?"

리나가 나를 쳐다봐서 정신을 차렸다.

망상의 세계에 빠진 게 들통날까 봐 얼렁뚱땅 화제를 바꿨다.

● 한국의 표준 점수와 유사한 통계 수치로 이를 통해 대학이나 학부의 순위를 매긴다.

"그런데 리나도 지망 대학이 있어? 되게 열심히 공부하던데. 이유가 뭐야?"

리나에게도 지금 말한 것처럼 알기 쉬운 이유로 목표로 삼은 대학이 있을까?

리나는 갑작스러운 질문에도 동요하지 않고 순순히 고개를 끄덕였다.

"M 대학."

리나가 환하게 웃으며 대답했다.

M 대학은 대학에 대해 잘 모르는 나도 아는 도쿄의 유명한 사립대학이다.

"아빠랑 엄마의 모교거든. 어려서부터 얘기를 들어서 꼭 가고 싶어."

리나가 설명을 덧붙이고 귀엽게 웃었다.

들어보니 알기 쉬운 정도가 아니라 타당한, 더할 나위 없이 감동적인 이유였다.

"아무리 그래도 그렇게 열심히 하다니, 대단하다."

리나는 어떤 일에든 열심이라 나는 늘 감탄했다. 친구와 놀 때도, 체육 시간에도, 재미없는 학교 행사 때도 늘 전력을 다했는데, 특히 공부는 옆에서 보는 사람이 감동할 정도로 열심히 했다.

"'어떻게 해볼 수 있는 슬픔이라면 슬퍼할 시간에 노력한다', 그게 내 좌우명이거든."

리나가 수줍은 듯 웃으면서, 나직하면서도 당당하게 말했다.

"어떻게 해볼 수 있는 슬픔?"

내가 이해를 못 해 반복하자, 리나가 "응" 하며 고개를 힘차게 끄덕였다.

"내 좌우명이라기보다는 우리 오쿠무라 가족 좌우명이야. 아빠가 가르쳐주셨어."

뭐가 그렇게 기쁜지, 리나는 생글생글 웃으며 운을 떼고 설명했다.

"슬픔에는 두 종류가 있어."

손가락 두 개를 내 앞에 들어 보이는 리나를 보며 왠지 철학 비슷한 얘기가 되어가네, 생각했다.

"두 종류?"

"응. 어떻게 해볼 수 없는 슬픔과 어떻게 해볼 수 있는 슬픔. 예를 들어 좋아하는 사람한테 차였다고 해볼까? 그런데 그 이유가 이미 여자친구가 있어서라면 그건 어떻게 해볼 수 없는 슬픔이야. 여자친구랑 헤어지라고 강요할 순 없잖아. 근데 자기 타입이 아니라고 한다면…… 이를테면, 그래, 어디까지나 예로 드는 건데 얼굴은 괜찮지만 가슴이 작아서 싫다고 한다면, 그건 어떻게 해볼 수 있는 슬픔."

리나는 잠깐 말을 끊었다가 주먹을 꼭 움켜쥐고 다시 열변을 토했다.

"왜냐하면, 어떻게 해서든 가슴이 커지면 사귀어줄지도 모르잖아? 밤마다 가슴 체조를 하거나 가슴이 커진다는 속설이 있는

닭튀김을 폭식하거나, 가슴 키우는 크림을 사거나. ……시도할
수 있는 일이 엄청 많지 않겠어?"

"……뭔데 그거. 실화야?"

예시가 묘한 데다 지나치게 구체적이었다.

내가 지적하자 리나가 당황한 티를 내며 고개를 세차게 내저
었다.

"그냥 예라니까! 그러니까 내가 하려는 말은, 차인 이유가 후
자일 경우는 슬퍼할 시간에 노력하는 편이 건설적이라는 말.
……뭐, 결과적으로 가슴은 하나도 안 커지고 노력하는 사이에
선배에게 여자친구까지 생겨버린다면 그건 어떻게 해볼 수 없는
슬픔이 되지만."

"선배?"

역시 실화 아닌가?

되묻는 나를 무시하고 리나가 유창하게 말을 이었다.

"우리 집은 가난한데 가고 싶은 대학은 사립이야. 그래도 그건
어떻게 해볼 수 있는 슬픔이지. 내가 노력해서 장학금을 받고 합
격하면 되니까."

"장학금을 노리는구나?"

"응. 참고로 수험료랑 입학금은 작년까지 착실히 아르바이트
해서 모아뒀어."

자신만만하게 가슴을 펴는 리나의 행동은 어린애 같았지만
실제로 한 행동은 반박의 여지 없이 훌륭했다.

"의대를 지망했다면 어떻게 해볼 수 없는 슬픔에 잠겼을 텐데 그게 아니라 진짜 다행이야. 나는 운이 좋아."

괴로운 게 아니라 운이 좋다고 말하는 리나를 보며 나도 모르게 "대단하다" 하고 감탄했다.

"……왠지 내가 한심하게 느껴지네. 아르바이트도 해본 적 없거든."

용돈을 받으며 편하게 사는 주제에 공부조차 열심히 안 하는 나. 이 얼마나 한심해 빠진 인간인가.

어깨를 축 늘어뜨리자 리나가 허둥거리며 위로해 주었다.

"무슨 말이야. 나는 그럴 수밖에 없었던 환경이니 적응한 거지. 잡초는 튼튼하지 않으면 못 살거든. 짓밟히고 짓밟혀도 무럭무럭 잎이 자라지 않으면 안 되잖아! 온실에서 자라는 나도제비난은 그냥 아름답게 피어 있기만 하면 되는걸. ……그리고 우리 학교 아르바이트 금지니까 할 생각은 하지도 마."

"아하하. 고마워."

절로 목소리가 갈라졌다.

남자인데 온실에서 자라는 나도제비난에 비유되다니, 리나는 나를 어떤 이미지로 보는 걸까?

허탈하게 웃는 내 마음도 모르고, 리나는 뺨에 손을 대고 작게 숨을 내쉬었다.

"나 말이야, 마야 얘기 듣고 새로운 꿈이 생겼어. 꿈이 이루어진 순간을 상상하면 더 열심히 하고 싶어져."

"꿈?"

내가 묻자 리나가 나를 힐끔 보고 수줍은 표정으로 속삭였다.

"연인이랑 같은 대학에 다니면서 캠퍼스 데이트 하는 꿈."

♦ ♦ ♦

"여자친구가 가고 싶다고 해서."

내 말에 세 사람이 일제히 반응했다.

"쇼타, 여자친구 있었어?"

담담하게 물은 건 다구치.

"뭐라고! 여자친구!"

유난스럽게 놀란 것은 가와사키.

"……."

그리고 말없이 굳어버린 가시와기.

"왜? 나한테 여자친구 있는 게 그렇게 이상해?"

나는 세 사람 얼굴을 순서대로 살피며 물었다.

"응, 여친 있는 것처럼 안 보여."

"아니, 그런 건 아니지만……."

다구치는 딱 잘라 말했고, 가와사키는 어설프게 말끝을 흐렸다. 그리고—

"그렇군. ……어떤 애야?"

마지막으로 가시와기가 무뚝뚝한 목소리로 물었다.

"진짜 귀여워. 나한테는 과분할 정도로 진짜로, 정말로 좋은 애야."

내가 대답하자 다구치가 웃었다.

"같은 고등학교? 아! 공학은 이래서 부럽다니까."

"맞아. 여자친구 쪽이 먼저 말을 걸어줬는데 솔직히 나도 첫눈에 반했어."

"자랑질이냐? 그래서, 귀여운 쪽? 섹시한 쪽? 쇼타 취향은 어느 쪽이야?"

"음, 평소에는 귀여운데 가끔 섹시한 느낌도 나서…… 심장 떨려."

"좋은 거 다 가졌네! 다음에 소개해 주라."

다구치에게 등을 퍽 얻어맞으며 무심코 옆을 보다 뚱한 표정으로 나를 보는 가시와기와 눈이 마주쳤다.

"어, 왜 그래?"

"……히죽거리는 게 꼴 보기 싫다고 생각하는 중이야."

가시와기가 고개를 팩 돌리고 뾰족한 말투로 대답했다.

내가 화날 만한 소리를 했던가?

멍하니 생각하면서 왠지 어색해진 분위기를 만회하려 화제를 돌려봤다.

"그보다 다구치는 여자친구 있어? 엄청 인기 있을 것 같은데."

다구치는 머리가 좋고 생김새도 단정하다. 성격은 일단 미뤄 두더라도, 한 학년에 한 명쯤은 있을, 밸런타인데이 때 종이 가

89   6월◆7월

방 한가득 초콜릿 받아 돌아갈 녀석. 그것도 형식적으로 주는 거 말고 전부 진심 담긴 걸로.

"……어, 그게."

다구치는 평소답지 않게 말을 흐리더니 힐끔 옆을 보았다.

"얘야."

다구치의 시선이 닿은 곳에는 발갛게 얼굴을 붉힌 가와사키가 있었다.

"엇? 그랬구나!"

이번에는 내가 놀랄 차례였다.

"미안해, 전혀 몰랐어. 근데 듣고 보니 둘이 잘 어울린다."

다구치와 가와사키를 순서대로 보고 피식 웃었다.

"모르는 게 당연해. 노조미, 학원에서는 쌀쌀맞거든. 아, 슬퍼라."

다구치가 가와사키를 보며 놀리듯 말했다.

"그, 그야…… 학원은 공부하는 곳이니까. 그런 분위기 되면 공부에 집중 못 할 테고…… 지금 중요한 시기인데 연애에 한눈팔면 대학도 떨어질 거야."

가와사키는 변명하듯 더듬거리고는 다급히 말을 덧붙였다.

"아, 쇼쨩처럼 여자친구를 동기로 삼는 건 좋다고 생각해. 근데 난 우리 언니 일 때문에. 제대로 선을 그어야 안심이 되거든."

"언니?"

내가 묻자 가와사키가 어색하게 웃었다.

"우리 언니, 입시 앞두고 남자친구 사귀면서 공부 안 하다가 지망 대학에 떨어졌거든."

"근데 그건 다 그 남자친구 잘못이야. 너네 언니가 안됐어."

가시와기가 사정을 아는지 달래듯 말했지만 가와사키는 고개를 저었다.

"공부 안 한 건 본인인데 남한테 책임 미루면 안 되지."

딱 잘라 말하는 가와사키를 보고 나는 조금 놀랐다. 누구에게나 상냥한 가와사키가 가족의 불행을 당사자 탓이라고 단호하게 말할 거라고는 예상 못 했다.

"그래서 학원에서는 다구치 의식 안 하려고. 미안."

"괜찮아. 난 노조미의 그런 면도 좋아."

눈치를 보는 가와사키와 악의 없는 표정으로 환하게 웃는 다구치.

"진짜 사랑이 넘친다니까."

이어서 기가 막힌다는 듯 웃는 가시와기.

남자 하나에 여자 둘로 이루어진 그룹, 좀 이상하다고 생각했는데 그런 사정이 있었구나. 묘하게 어긋나는 세 사람의 관계도 이해됐다.

이 셋은 같은 거리감을 유지하는 삼인조가 아니라 가와사키를 가운데에 둔 세 사람이었다.

"가와짱, 왜 이런 남자가 좋은 거야?"

"시끄러워. 너야말로 왜 노조미랑 친구인데?"

"우리는 소꿉친구라 어려서부터 계속 사이가 좋거든요? 너야말로 얼마 전부터잖아. 툴툴대지 마."

"관계의 깊이와 세월은 다른 문제야."

원래 가시와기와 가와사키 이인조였는데 다구치가 가와사키와 사귀면서 들어왔다. 가시와기와 다구치는 서로 싫어하진 않아도 굳이 가까워질 마음은 없다. 짐작일 뿐이지만 둘의 관계는 그럴 것이다. 그리고 둘의 쿠션 역할로 내가 선택됐다.

"아이참, 둘 다 사이좋게 지내라니까."

가와사키가 타이르자 가시와기가 토라진 말투로 중얼거렸다.

"뭐, 다구치는 성격은 어쨌거나 머리 하나는 좋으니까."

"가시와기도 성격은 어쨌거나 얼굴은 나쁘지 않은 것 같고."

내가 보기에 둘은 성격이 꽤 비슷한 것 같은데.

"너희 진짜 성격 비슷하다니까."

생글생글 웃으며 내 심정을 대변한 가와사키가 "그렇지, 쇼짱?" 하며 나를 보았다.

다구치와 가시와기의 떨떠름한 표정이 똑같아 나는 무심코 웃음을 터뜨렸다.

◆ ◆ ◆

휴일, 나는 역 앞 꽃집에 혼자 서 있었다.

여름엔 도라지꽃.

계절별로 꽃을 선물하기로 리나와 약속했다. 그때, 삶은 문어처럼 새빨개진 얼굴로 나를 바라보던 리나를 떠올리면 지금도 뺨이 흐물흐물 풀린다.

그래서 나는 반드시, 무슨 일이 있어도 꽃을 선물한다.

아무리 바빠도.

그래, 아무리 돈이 없어도!

눈앞에 가득한 보라색 도라지꽃과 그 앞에 걸린 가격표를 보며 지갑 사정을 확인했다.

"쇼타?"

이름을 불려 돌아보니 낯익은 여자애가 놀란 표정으로 나를 보고 있었다.

"가시와기?"

"꽃 사려고?"

남자 혼자 꽃집에 있었으니 물론 놀랄 만은 했다. 특히 나는 딱히 꽃 좋아하는 취미가 있어 보이지도 않을 테니까.

"응. 선물하려고……."

약간 말끝을 흐린 이유는 숨기고 싶어서가 아니라 단순히 부끄러웠기 때문이다.

그러다 리나가 들으면 화낼 것 같아 "여자친구한테" 하고 덧붙였다.

가시와기는 어깨 근처에서 찰랑이는 머리카락을 손으로 만지작거리며 나를 물끄러미 쳐다봤다.

"무슨 꽃 주려고?"

"도라지꽃. 여자친구 초이스야."

가시와기는 흥미가 있는지 없는지 모를 말투로 "흐음……" 하고 중얼거리고 꽃집을 쭉 둘러봤다. 그러더니 놀란 목소리로 말했다.

"……생각보다 비싸다, 꽃값."

"그렇다니까."

가시와기 말대로 꽃이라는 상품은 몸값이 상당하다.

"쇼타, 맨날 지독하게 절약한다 싶었는데, 꽃을 사는구나."

말을 마치자마자 가시와기는 실수했다는 표정을 짓고 얼른 말을 이었다.

"너 매일 편의점에서 제일 저렴한 주먹밥 두 개만 사 먹잖아. 남자들은 보통 더 많이 먹지 않아?"

"알고 있었어?"

"……응, 뭐."

가시와기가 겸연쩍은 듯 시선을 피하며 대답했다.

"이걸 위해서 하는 절약이라 괜찮아. 꽃을 최대한 많이 사고 싶거든."

가격표에 따르면 한 송이에 삼백 엔. 그럴싸한 꽃다발을 만들려면 스무 송이는 필요하니 합계 육천 엔*. 뼈아픈 가격이다.

● 한화 육만 원 상당.

"여자친구가 바라는 게 많네."

"뭐 그런 건 아니고…… 내가 좋아서 하는 거니까."

거의 노려보듯 날 보는 가시와기에게 대답하며 웃어 보이자, 가시와기는 빙그르르 발길을 돌려 내게 등을 보였다. 그러고는 "그럼 학원에서 봐" 하고 감정을 읽을 수 없는 단조로운 목소리로 인사하고 그대로 성큼성큼 걸어갔다. 뒷모습을 멍하니 배웅하고 앞에 놓인 꽃으로 시선을 돌렸다.

여름엔 도라지꽃.

리나, 틀림없이 기뻐해 주겠지.

계산대 앞에서 지갑을 뒤집었다.

"이걸로 도라지꽃 꽃다발 만들어주세요. 귀엽게요."

그렇게 주문한 뒤, "여자친구 주려고요" 하고 씩 웃으며 덧붙였다.

꽃집 아주머니가 "청춘이 좋네" 하며, 서비스로 호화로운 리본을 달아주셨다.

단아한 도라지꽃과 섬세한 레이스 리본이 여름의 뜨뜻미지근한 바람에 흔들렸다.

리나,

근사한
8월,

혼란스러운
9월

역 개찰구에는 나처럼 남자친구나 여자친구를 기다리는 듯한 사람들이 이리저리 오갔다.

오늘 밤에 근처 해변에서 불꽃 축제가 열릴 예정이다.

맞은편 잡화점의 쇼윈도에 비친 내 모습을 살피며 머리 장식의 각도를 확인했다. 쪽빛 바탕에 나팔꽃이 그려진 어른스러운 유카타와 그에 맞춘 우아한 머리 장식, 오늘을 위해 산 불그스름한 립스틱을 바르고 엄마에게 빌린 향수를 뿌렸다. 평소보다 우아해 보이는 내 모습, 쇼짱도 만족하겠지.

이렇게 힘주어 꾸민 이유는 오늘도 멋진 데이트가 되리라 확신했기 때문이다.

쇼짱과의 데이트는 이번으로 네 번째. 지금까지 데이트는 놀이공원, 수족관, 영화관. 즉 연인들의 전통적인 데이트 코스를 따라갔는데 전부 로맨틱하고 완벽했다. 사귄 지 석 달도 더 지났지만 휴일에 같이 외출한 횟수는 겨우 세 번. 그건 데이트 한 번 한 번에 정성을 기울이고 있기 때문이다.

사귀고 나서 알았는데 쇼짱은 보기 드문 로맨티시스트다. 완벽한 데이트를 위해 꼼꼼히 사전조사를 거듭해 준비해 준다. 열정적으로 데이트 일정을 세우는 쇼짱, 최고의 연인이다.

쇼짱 덕분에 나는 근사한 청춘을 보내고 있다.

내게 들려주듯 속으로 말해보았지만 기분이 영 밝아지지 않았다.

이유는 알고 있다.

며칠 전에 내가 나 자신을 최우선으로 생각하는 한심하기 짝이 없는 인간이라는 사실을 알아버렸기 때문이다.

병원에서 보석병의 진행 상태를 검사받았는데, 선생님은 내 종양이 순조롭게 커지고 있다고 했다.

"내년 4월까지 아직 결정할 시간은 있지만 일찍 할수록 좋습니다. 결심은 하셨나요?"

엑스레이 사진을 보며 선생님이 묻자, 같이 와준 엄마가 수술을 받으라고 나를 설득했다.

하지만 나는 고개를 세차게 가로저었다.

"안 할래."

마음의 준비가 안 됐어. 4월까지는 꼭 마음 정할 거야. 엄마를 안심시키려고 그렇게 변명은 했지만 사실 마지막까지 수술은 안 받을 생각이었다.

수술은 안 해. 한 번 더 진지하게 다짐하며 나 자신에게 새기듯 들려주었다.

사랑하는 가족을 행복하게 해주고 싶다.

유야가 존경하는 교수님이 계신 사립대학에서 공부하게 하고 싶고, 영어 공부에 열심인 다쓰야를 유학 보내고 싶다. 신야에게 새 테니스 라켓을 선물하고 싶고, 마사야랑 여기저기 여행 다니고 싶다. 그리고 엄마가 푹 쉬었으면 좋겠다.

이 마음은 의심할 여지 없는 진심이고, 그 바람을 이룰 유일한 방법은 내가 죽어 아름다운 보석을 남기는 방법뿐. 그걸 알면서도 나는 아직도 어떻게든 살고 싶다는 마음을 버리지 못했다.

애초에 내가 근사한 청춘을 보내려던 이유는 죽음을 준비하기 위해서였다.

친구와 놀고 절친과 마음을 나누고 멋진 사랑을 하는 것. 그것이 물방울을 아름답게 빛내기 위해 필요한 일이니까.

그런데 곤란하게도 매일 즐겁다고 느낄수록 죽기 싫다는 생각이 따라왔다.

나는 어쩜 이렇게 이기적일까?

가족을 사랑하는데.

정말로, 진심으로 사랑하는데.

"리나!"

밝은 목소리가 들려와 무심코 뒤를 돌아봤다.

길 건너편에 얼굴 가득 웃음꽃을 피운 쇼짱이 서 있었다. 진녹색 유카타를 입은 쇼짱은 평소보다 어른스럽고 왠지 멋있어 보였다.

"진짜 잘 어울린다."

쇼짱이 내게 달려와 쑥스러운지 얼굴을 붉히고 씩 웃었다.

"쇼짱도 잘 어울려."

"고마워."

내 미소에 대한 응답인 듯 쇼짱도 함박웃음을 지었다. 그런 쇼짱의 얼굴을 보자 조금 전까지 울적했던 마음이 서서히 밝아졌다. 사랑이란 위대하다. 그렇게 생각하며 오늘은 마음껏 즐기자고 다짐했다.

해는 다 졌지만 쭉 늘어선 노점상의 불빛 덕분에 주위가 밝았다. 구수한 냄새가 나 고개를 돌리자, 지글지글 소리를 내며 먹음직스럽게 다코야키가 구워지는 중. 그 옆에서 푸근해 보이는 아줌마가 색색의 요요를 팔고 있다.

구경만 해도 즐거워서 축제 풍경을 두리번두리번 구경했다.

"나, 뭘 살지 목록을 적어 왔어. 음, 먼저 사과사탕 사고, 다음에 솜사탕이랑 크레이프랑 빙수. ……지금부터 삼십 분간 노점상에서 쇼핑할 예정이니까 리나도 필요한 거 사. 그리고 일곱 시 반 되면 불꽃놀이 보러 출발. 여덟 시부터 불꽃놀이. 끝나면 해변 카페까지 십오 분 이동해서 한 시간 차 마실 거야. 그리고 역까지 십 분 걸어서 개찰구에서 헤어지기. 어때?"

쇼짱이 진지한 표정으로 내게 휴대폰 화면을 보여주었다.

"……어, 응. 매번 고마워."

언제나 그렇지만 왜 이렇게까지 꼼꼼할까?

분 단위로 정해진 스케줄대로 움직이는 건 나처럼 대충대충인 사람한텐 좀 갑갑했다.

"그럼 나는 베이비카스텔라. 좋아해."

떨떠름한 표정을 얼버무리려 억지로 미소를 지었다.

"알았어. 그럼 일단 저기 사과사탕부터."

둘이 나란히 노점상을 돌아다녔다. 일일이 시간을 신경 써야 해 귀찮았지만 왁자지껄한 거리를 딸각딸각 나막신을 울리며 돌아다니니 즐거웠다.

사과사탕에 솜사탕, 닭튀김에 베이비카스텔라, 노점상을 돌며 모은 여러 음식을 끌어안고 아까보다 조금 느린 속도로 걷는데, 문득 앞에서 걷는 커플이 보였다. 연한 복숭앗빛 바탕에 보라색 나비가 그려진 화려한 유카타를 입은 여자, 털털하게 청바지에 폴로셔츠를 입은 남자. 우리와 비슷한 나이로 보였다.

남자의 오른손이 여자의 하얀 왼손을 꼭 붙잡고 있었다.

부럽다. 무의식적으로 생각하고 갑자기 부끄러워졌다. 내가 쇼짱과 손을 잡고 싶어 한다는 걸 그 순간 깨달았다. 이어서 두 팔 가득 안은 음식을 보고 허탈해졌다. 모처럼 꾸미고 나왔는데 식탐만 부리다니.

작게 한숨을 쉬는데, 나와 마찬가지로 두 팔 가득 음식을 안은 쇼짱이 말했다.

"사과사탕, 진짜 맛있어."

만족스러워 보이는 쇼짱의 옆모습을 힐끗거리며 '쇼짱은 나랑 손잡고 싶지 않은가 봐' 하고 생각하다 제풀에 약간 우울해졌다. 쇼짱이 짠 예정에 '손잡기'라는 이벤트는 포함되지 않았으니 아마 아무리 바라도 무리일 테지.

"맛있어 보여. 나는 안 먹은 지 벌써 몇 년은 된 것 같아."

속마음을 들키기 싫어 일부러 웃으며 말했다.

"먹어볼래?"

쇼짱이 꼬치에 꿰인 새빨간 사과를 내 쪽으로 내밀었다.

"어…… 으, 응."

반사적으로 일단 받았는데 순간 망설여졌다. 이럴 때 어디를 깨물면 될까? 고민하다 보니 점점 혼란스러워져 손에 든 사과사탕을 구멍이 뚫릴 정도로 빤히 쳐다봤다.

"이 사탕, 다른 데 거랑 비교도 안 되게 달아."

아무 생각 없어 보이는 쇼짱이 기분 좋게 말했다.

천진난만한 목소리를 들으니 일일이 고민한 내가 바보스럽게 느껴졌다.

"잘 먹을게."

그렇게 말하고, 쇼짱이 깨문 부분의 조금 위쪽을 조심스럽게 깨물었다.

"맛있다."

입술에 달라붙은 사탕 부스러기를 혀로 날름 핥은 뒤, "고마워" 하고 웃었다.

"······고맙긴 뭘."

내가 돌려준 사과사탕을 받아들고 쇼짱이 나를 물끄러미 바라봤다.

"왜 그래?"

손등으로 입술을 훔치며 묻자, 쇼짱이 시선을 피하며 웅얼거렸다.

"아니, 그게······. 간접 키스 했구나 싶어서."

쇼짱이 쑥스러운지 머리를 벅벅 긁었다.

조금 전까지만 해도 태연자약하다 갑자기 의식하다니.

난 먹기 전부터 생각했거든! 우물쭈물 속 끓이다 뭐가 뭔지 모르겠어서 될 대로 되라, 아슬아슬 간접 키스 안 될 부분으로 깨문 건데.

하고 싶은 말은 많았지만 고개를 푹 숙이고 전부 꿀꺽 삼켰다.

"미안. 너무 의식한다는 건 아는데······."

쇼짱이 변명처럼 더듬거렸다. 그러다 퍼뜩 놀라 시계를 보더니 앞을 가리키며 "으악!" 하고 외쳤다.

"이제 가야 해! 건너편에 보이는 방파제, 거기가 잘 보인다고 하더라고. 얼른 가자."

"으, 으응."

내가 고개를 끄덕이자, 쇼짱은 나를 보지도 않고 성큼성큼 걸음을 옮겼다. 얼른 뒤를 쫓아갔지만, 유카타 때문에 보폭이 좁거니와 익숙하지 않은 나막신 때문에 걷기 힘들었다. 그래도 서두르지 않으면 쇼짱이 모처럼 세운 예정이 엉망이 된다.

쇼짱의 등을 정신없이 쫓아가 간신히 방파제에 도착했는데, 마음을 놓은 순간 뭔가에 걸려 넘어졌다. 그 바람에 내 품에서 부적 주머니가 밖으로 튀어나왔다. 소중한 진주 귀걸이 부적이 담긴.

바다에 떨어지겠어!

잡아채려 손을 뻗었지만, 팔이 짧았다.

"앗!"

내가 무심코 비명을 지르는 걸 보고 상황을 깨달은 쇼짱이 테트라포드 위로 날아올랐다. 그 후로는 슬로모션의 세계.

쇼짱이 안고 있던 베이비카스텔라가 하늘을 날며 달콤한 냄새가 물씬 풍겼다. '쿵' 소리를 내며 쇼짱이 테트라포드 위로 데굴데굴 굴러떨어졌다. 그 광경을 본 주변 사람들이 "으악!", "아프겠다!" 하고 입을 모아 외쳤다.

"쇼짱! 괜찮아?"

쇼짱은 벌떡 일어나더니 모래를 퍽퍽 털어내며 올라왔다. 다급히 달려가자, 쇼짱이 환하게 웃으며 내게 부적 주머니를 돌려주었다.

"이거, 리나가 전에 만들어준 거지? 자기 것도 만든 거야?"

무사해서 다행이라고 안심하면서 나는 주머니에서 진주 귀걸이를 꺼냈다.

"고마워. 응, 이건 예전부터 갖고 있었던 건데…… 내 부적이야."

"진주야?"

"응. 원래 귀걸이였는데 한쪽을 잃어버려서…… 지금은 그냥 부적."

아빠가 줬을 때는 당연히 양쪽 다 있었는데 어쩌다 보니 한쪽을 잃어버렸다. 아무리 뒤져도 안 나와 의기소침해진 내게 아빠는 "한쪽만 있어도 부적으로는 아주 좋겠구나" 하고 웃어주었다.

그리운 기억을 떠올리고 있을 때였다.

"왠지 의외다."

정신을 차리니 쇼짱이 진주 귀걸이를 찬찬히 살피고 있었다.

"왠지…… 리나는 진주 느낌이 아니라서. 안 어울린다는 말은 아니고, 뭐랄까, 좀 더 실버 액세서리나 새빨간 루비 반지 같은 이미지랄까."

나도 모르게 허탈하게 웃었다. 실버 액세서리와 새빨간 루비 반지는 영화 속에서 지아키가 했던 것들. 쇼짱은 사귄 지 석 달도 더 지난 지금도 여전히 나를 잘못 알고 있다.

아마도 원인은 나한테 있을 것이다. 쇼짱이 나를 싫어할까 봐 쇼짱이 좋아할 법한 어른스러운 옷을 입고 최대한 말수를 줄여 쿨한 여자를 연기하고 있으니까. 연기파와는 거리가 먼 내가 몇 달이나 연인을 속일 수 있었던 건, 상대가 사람 좋고 솔직한 쇼 짱이기 때문이다.

당연히 죄책감을 느꼈지만, 놀랍게도 아주 조금은 만족스럽기 도 했다.

쇼짱이 이상형으로 꿈꾸는 여성상을 연기하는 나는…… 어쩌 면 내가 되고 싶다고 바라는 이상적인 내 모습이 아닐까?

쿨한 여자가 되고 싶다는 게 아니다. 나보다 타인을 우선시하 는 자세에 관한 얘기다.

나를 거짓으로 꾸미는 건 아주 귀찮은 일이다. 하지만 쇼짱은 진짜 나를 알기보다 이상형으로 바라는 여자와 사귀는 편이 훨 씬 더 행복할 것이다.

만약 그렇다면, 근사한 사랑을 위해서도, 이상적인 내가 되기 위해서도, 내가 선택할 길은 하나뿐이다. 쇼짱의 이상형인 여자 를 연기하는 것.

"미안해. 기분 상했어?"

입을 다문 나를 보고 쇼짱이 쭈뼛쭈뼛 사과했다.

"아니야, 나도 그렇게 생각해."

나는 웃으며 고개를 끄덕였다.

진주 느낌이 아니라서.

쇼짱이 방금 한 말에 대해서는 전부터 나도 생각해 왔다. 나란

애는 진주가 내뿜는 여성스러움과는 거리가 멀다. 아빠가 바라는 여자는 되지 못한다.

"여기, 친구가 가르쳐줬는데 아는 사람만 찾아오는 명소래."

목적한 곳에 도착하자 쇼짱이 가방에서 비닐 시트를 꺼냈다. 콘크리트 위에 깔고, 시트에 그려진 분홍색 헬로키티를 가리키며 킥킥 웃었다.

"이거밖에 없었어."

"귀엽다. 이런 것까지 준비해 주고, 고마워."

털썩 앉은 쇼짱 옆에 나도 천천히 앉았다.

"불꽃놀이, 여덟 시부터랬나?"

"이제 곧 시작하겠다."

묵묵히 밤하늘을 올려다보는 쇼짱의 내려놓은 오른손을 힐끔 봤는데, 시트에 그려진 키티와 눈이 마주쳤다. 웃는 건지 무표정한 건지 모르겠지만 힘내라고 말해주는 것 같았다.

몸 안에서 두근거리는 심장 소리를 들으며, 내 왼손을 천천히 접근시켰다.

십 센티미터.

오 센티미터.

"올라갔다!"

그 순간, 피유우웅! 여름철 맹수의 우렁찬 외침 같은 소리를 내며 폭죽이 발사됐다. 모두가 숨죽이는 순간.

옆에 앉은 쇼짱도 하늘을 빤히 올려다봤다.

한편 나는 고개를 숙이고 새까만 물이 흔들거리는 수면을 바라봤다.

"터진다!"

환성이 터진 순간, 내 왼손이 드디어 쇼짱의 오른손에 닿았다.

영 센티미터.

그 순간, 놀라서 나를 본 쇼짱과 눈이 마주쳤다. 우리는 마주보고 피식 웃고, 사이좋게 하늘을 올려다봤다. 불꽃이 별똥별처럼 금빛으로 반짝이며 밤하늘에서 떨어져 내렸다. 우리는 불꽃이 피어난 순간을 놓치고 말았다.

쇼짱이 옆에서 키득거려서 나도 덩달아 웃었다.

우리는 불꽃놀이가 끝날 때까지 계속 손을 맞잡았다.

상공에서 뽐내듯 피어나는 색색의 꽃들이 거리 영 센티미터로 가까워진 우리를 축복해 주는 듯했다. 배 속까지 울리는 듯한 낮은 소리는 콩닥거리는 내 심장 소리와 아주 비슷했다. 맞잡은 손에 꾹 힘을 주면 쇼짱도 꾹 맞잡아 주었다. 옆에 있는 쇼짱의 존재를 따뜻한 손바닥으로 느꼈다.

평생 못 잊을 근사한 8월.

◆ ◆ ◆

"안녕, 리나."

"안녕, 마야."

9월이 되어 학기가 시작됐는데도 여전히 후덥지근한 날들이 이어졌다.

현관 복도에서 만난 마야가 환하게 웃어 나도 같이 웃었다. 나란히 교실까지 걸어가며 종알종알 수다를 떨었다.

"그러고 나서 공부 더 했어?"

"하긴 했는데 도중에 잠들었지."

여름방학 동안에도 마야와는 자주 메시지를 주고받았다. 몇 번쯤 같이 공부도 했고, 숨 돌릴 겸 노래방에도 갔다. 한 번도 연락을 주고받지 않은 미사토와 비교하면 누가 내 절친인지는 명백했다.

여름방학 내내 나는 미사토에게 연락하지 않았다.

일종의 도박이었다.

내가 연락하지 않아도 미사토가 연락해 줄지 확인하고 싶었다. 미사토가 나를 어떻게 생각하는지 몰라도 일반적으로 친구라면 한 달이나 연락을 안 할 리 없다. 미사토가 나를 친구라고 여긴다면 미사토 쪽에서 내게 연락해 줄 것이다.

그리고 그 도박은 결국 내 패배로 끝났다. 미사토는 단 한 번도 연락해 주지 않았고, 나는 그 사실을 쓸쓸하게 여기면서도 미사토와의 친구 관계를 포기하기로 마음먹었다.

내가 미사토와 친구로 지내고 싶었던 건 미사토가 자기보다 타인을 우선시하는 사람이라서였다. 미사토가 다정하니까, 그래서 나도 미사토처럼 되고 싶었고, 곁에 있고 싶었다.

하지만 미사토와 친구가 되고 싶어 하는 내 마음이 미사토의 다정함을 이용하는 것일 뿐이라는 걸 깨달았다. 나랑 친구로 지내기 싫더라도 미사토는 내 마음을 거절 못 하고 친구로 있어줄 것이다. 한마디로 나는 미사토의 행복보다 미사토와 친구가 되고 싶은 내 욕망을 우선시했다. 이래서는 본말전도다.

내 일방적인 친구 선언으로 시작됐지만 언젠가는 미사토도 나랑 친구로 지내고 싶다고 생각해 주길 바랐다. 하지만 그 바람은 이루어지지 않았다.

"있잖아, 리나. 나 이번 시험에서 꼭 최고 점수 받을 거야."

교실에 들어가기 직전에 마야가 야무진 목소리로 자신의 포부를 밝혔다.

마야의 제1 지망은 도쿄에 있는 명문 K 대학. 고등학교 선배였던 남자친구가 다니는 학교라 지망하게 됐다고 전에 들은 적이 있다.

"그래서 부모님이 날 다시 보게 할 거야."

9월이 되자마자 바로 치러지는 실력 고사는 지망 학교를 결정하는 데 매우 중요했다. 마야의 부모님은 도쿄로 가려는 딸을 그리 탐탁지 않게 여긴다고 들었다. 마야는 결과를 보여주며 부모님을 설득할 생각이었다. 그런데―

그 중요한 실력 고사를 치르던 중에 사건이 발생했다.

일찌감치 문제를 다 푼 나는 두 번 검토를 마치고, 앞쪽에 앉은 미사토의 등을 멍하니 바라봤다.

오랜만에 만난 미사토는 짐작했던 것 이상으로 평소와 똑같았다.

온화하게 웃으며 인사를 건네고 방학 중에 뭘 하며 지냈는지 물었다.

어차피 나한테 관심 없으면서.

속으로는 툴툴대면서도 기쁜 마음을 감추지 못해 입가엔 웃음이 번졌다.

미사토와 친구가 되고 싶었다. 내 절친이 될 사람은 미사토밖에 없다.

하지만, 근사한 청춘을 보내기 위해 가장 중요한 건 다른 누구도 아닌 나다. 이상적인 내가 되려면 나 자신보다 미사토를 우선시해야 한다.

시험이 끝나기 십오 분 전쯤이었을까. 어디선가 불어 들어온 바람이 뺨을 스쳤다. 창문이 조금 열려 있었던 모양이다. 내 뒤쪽에서 종이 한 장이 실려 왔다.

손바닥 크기의 작고 하얀 종잇조각은 한참 둥실둥실 허공을 날다 이윽고 미사토 책상 옆에 스르륵 떨어졌다.

앞에 서 있던 담임 선생님이 걸어와 종이를 줍더니 눈을 부릅떴다.

나는 그 광경을 눈으로 보면서도 나와는 상관없는 일이라고 생각했다.

종이의 정체를 알게 된 건 그날 시험을 전부 마친 뒤인 종례 시간.

"이 종이가 뭔지 아는 사람?"

선생님이 위엄 어린 표정으로 말했을 때, 반 학생들 대부분은 어리둥절히 멀뚱거리고만 있었다. 다들 지쳤으니 얼른 집에 가고 싶다 생각하고 있을 터. 나도 예외는 아니라 엉덩이를 들썩이며 창밖을 보고 있었다.

"이건 커닝페이퍼입니다. 일본사 시험 때 바닥에 떨어져 있었어요. 어떻게 된 건지 아는 사람 없어요?"

질문하는 선생님과 눈이 마주쳐 흠칫했다.

선생님은 대놓고 내 쪽을 보고 있었다. 나를 의심하는 건가? 생각이 미치자 얼굴이 화끈 불탔다. 나는 커닝 따위 안 했다. 일본사는 좋아하는 과목이라 커닝을 안 해도 좋은 점수를 받을 자신이 있었다. 선생님도 분명 알고 계실 텐데?

천천히 시선을 옮겨 선생님 손에 들린 커닝페이퍼를 보았다.

작은 종이에 글자가 빽빽이 적혀 있었다. 군데군데 노란 형광펜으로 선이 그어져 있고…….

그제야 나는 깨달았다.

그건 내 글씨였다. 그리고 그 종이는 예전에 내가 마야에게 준 거였다.

마야가 커닝을?

"선생님, 그거 어디에 떨어져 있었어요?"

절호의 타이밍에 마야 목소리가 들려 반사적으로 몸이 굳어졌다.

"저기."

선생님이 여전히 딱딱한 표정으로 창가 근처를 가리키자 마
야가 의미심장하게 말했다.

"미사토 옆이네요. 그럼 일반적으로 생각할 때……."

마야가 말끝을 흐리며 중얼거리자 반 모두의 시선이 일제히
미사토에게 쏠렸다.

미사토는 아니다.

그건 내가 제일 잘 안다.

나는 계속 미사토를 보고 있었으니까.

게다가 내가 준 종이를 미사토가 가지고 있을 리 없다. 마야가
미사토에게 줬을 리도 없다. 둘은 친구가 아니니까. 미사토가 전
에 그렇게 말했듯이.

어쩔 줄 모르고 있는데, 믿을 수 없는 일이 벌어졌다.

미사토가 벌떡 일어난 것이다.

"모두가 생각하는 게 맞습니다."

미사토는 평소와 똑같이 온화한 표정으로 시원하게 인정했다.

그 후 미사토는 곧장 교무실로 끌려갔다.

종이 울려 반 학생들이 삼삼오오 교실을 떠난 뒤에도 나는 자
리에 앉아 그저 넋을 놓고 있었다.

미사토는 자신을 희생해 커닝한 범인을 감쌌다. 친구도 아닌

범인을.

"리나."

나를 부른 건 마야였다.

마야의 친근한 미소는 미사토의 미소와 달리 친구에게만 보여주는 특별한 것이었다.

"다행이지?"

뭐가? 몽롱한 머리로 생각하다 퍼뜩 깨달았다.

마야는 표정으로 이렇게 말하고 있었다. 리나가 범인이라고 의심 안 받아 다행이야.

담임 선생님은 내 필체를 안다. 나를 범인이라고 오해할 리는 없어도 관계자라 여길 건 분명했다.

입을 꾹 다문 나를 바라보며 마야가 한쪽 입술만 휙 올렸다.

"우리 친구잖아."

확인하듯 천천히 말하는 마야.

그 말의 의미는 이렇다. 커닝페이퍼를 사용한 사람은 다름 아닌 마야다. 그렇더라도 친구인 나는 마야 편을 들어야 한다.

마야 말이 맞을지도 모른다.

미사토는 아마도 내 친구가 아닐 테니까.

친구가 아닌 미사토를 내버려 두고 친구인 마야를 소중히 여겨야 한다. 하지만…….

나는 말없이 일어나 그대로 교실을 나섰다.

"리나!"

뒤에서 마야 목소리가 들렸지만 멈추지 않고 교무실로 뛰어 갔다.

"선생님!"

헉헉 어깨를 들먹이며 교무실로 들어서자 선생님들이 놀라 나를 쳐다봤다. 담임 선생님과 미사토가 있는 곳까지 성큼성큼 걸어가 크게 심호흡을 하고, 단숨에 털어놓았다.

"미사토는 커닝 안 했어요. 그 종이가 미사토 옆에 떨어져 있 던 건 맞지만 우연히 그런 거고…… 무엇보다 그 글씨는 제 글씨 잖아요? 선생님도 아시죠? 아, 근데 제가 커닝한 건 아니고요, 그 러니까—"

"……리나, 진정해."

몸을 내밀며 열변을 토하는 내 입을 미사토가 손바닥으로 막 았다.

나는 항의하듯 미사토를 노려봤지만, 미사토는 싱긋 웃을 뿐 이었다.

그 미소가 평소의 온화하기만 한 미소가 아니라 어딘지 들떠 보여 나는 조금 두근거렸다.

"괜찮다니까."

미사토가 달래듯 속삭이며 손을 천천히 떼고 내게 눈짓을 해 보였다.

뭐가 뭔지 몰라 멍하니 서 있는 나를 보고 선생님이 허둥거리 며 사과했다.

"아이고, 이거 미안하네. 괜찮아요, 다 알고 있으니까."

선생님이 내 어깨를 톡톡 두드리며 설명해 주었다.

"범인이 다른 사람인 줄은 알고 있었어요. ……이 쪽지 대단하네. 정리한 내용에서 몇 문제나 나왔어. 근데 이걸 봐요."

괜찮을까요? 선생님은 미사토에게 허락을 구한 뒤에 미사토의 답안지를 보여주었다.

"……틀렸네."

쪽지에 내용이 정리된 문제는 전부 엑스 표시.

그건 그렇고 공부를 너무 안 하는 거 아니니?

약간 무례한 생각을 하고 있는데 미사토가 한숨을 내쉬며 중얼거렸다.

"일본사 잘 못 해서."

고개를 들자, 미사토가 부끄러운지 뺨을 붉히고 어깨를 움츠렸다. 나는 처음 보는 미사토의 귀염성스러운 표정을 놀라 바라봤다.

"물론 오쿠무라가 커닝했다고 생각하는 건 아니에요. 이 정도는 쪽지에 정리하지 않아도 벌써 외우고 있을 테니까요."

달래는 듯한 선생님 말에 고개를 끄덕이며 미사토가 말했다.

"그 쪽지, 리나가 저번에 반 애들한테 일본사 가르쳐주면서 여러 명한테 나눠준 거잖아. 그래서 누군지 특정하기 어렵겠지. 지금 그렇게 말씀드리던 중이었어."

그 말에 나도 모르게 눈이 휘둥그레졌다.

나는 그 쪽지를 마야에게만 줬다.

미사토가 그걸 아는진 모르겠지만, 일부러 거짓말을 하는 이유도 알 수 없었다.

하지만 미사토는 눈짓으로 내게 아무 말 말라고 했다.

"그래요. 그래서 곤란하게 됐어요. 어쨌든 두 사람은 돌아가도 됩니다."

선생님이 한숨을 내쉬며 말했다.

"저기, 미사토. 진짜 범인이 누군지 알고 있지?"

교실에는 아무도 없었다. 석양을 받아 벌꿀 색으로 물든 교실. 나는 돌아갈 채비를 하는 미사토에게 그리 캐물었다.

"응."

순순히 대답하는 미사토를 바라보는 내 머릿속에선 빙글빙글 질문이 소용돌이쳤다.

역시 마야를 감싼 건가?

자기를 희생해서 친구가 아닌 마야를?

그런데 미사토는 전혀 예상하지 못한 말을 했다.

"그 상황에서 마야가 범인이라고 하면 리나가 보복당할 테니까."

"응?"

"마야, 아주 착한 애처럼 굴지만 사실 그렇지 않거든. 들키지 않으려고 뭐든 할 거야. 그 쪽지는 리나가 쓴 거니까 결국에는 리나한테도 불똥이 튈지 모른다고 생각했어. 그렇게 되느니 내가 나서는 게 낫겠다 싶어서……. 그래도 운 좋게 혐의를 벗었다."

창문으로 금빛이 쏟아져 들어와 미사토의 옆얼굴을 비췄다.

미사토의 웃는 얼굴. 지금까지처럼 예쁘장하고 붙임성 있게 웃는 게 아니라 봉오리가 꽃피울 때처럼 보는 사람까지 기뻐질 만큼 천진난만하게 웃는 얼굴.

"……왜?"

미사토가 어리둥절한 얼굴로 고개를 갸웃거렸다. 아무래도 내 말을 못 알아들은 듯했다.

"왜 그런 거야?"

"아……. 그야 친구니까."

미사토가 내게서 시선을 피하며 조용히 대답했다.

어딘지 뿌듯해 하는 목소리를 들으며 마침내 깨달았다.

미사토가 감싼 건 마야가 아니라 나였다.

그걸 깨달은 순간, 마음속에서 따스한 기운이 몽실몽실 퍼져 나갔다.

어쩌면 미사토도 나랑 친구로 지내고 싶은 건지도 모른다.

머뭇거리던 미사토가 조용히 말했다.

"……방학 동안 너 못 만나서 쓸쓸했어."

"나도 쓸쓸했어. 연락, 해주면 좋았을 텐데."

"용건도 없는데 연락해도 되나 싶어서. 리나는 마야하고도 친해 보였으니까."

미사토가 토라진 듯 말하며 어깨를 움츠렸다.

"당연히 해도 되지. 미사토는 내 제일 친한 친구…… 절친인걸."

그렇게 말하며 미사토의 어깨를 가볍게 쳤다.

"그래, 절친."

미사토는 진지한 표정으로 나를 쳐다보더니 곧 환하게 웃으며 고개를 끄덕였다.

미사토도 분명 나와 함께하고 싶어 한다.

그렇게 확신한 나는 미사토에게 방긋 웃어 보였다.

"미사토가 토라지다니, 절친으로서 첫걸음을 내디딘 기분이야."

"응? 뭐라고?"

"나는 너의 다양한 표정을 보고 싶어. 그러니까 화도 내고 어이없어 하고, 그럼 좋겠어. 그리고 고집! 고집을 부려주면 좋겠어!"

미사토가 멍하니 입을 벌리고 들떠서 재잘거리는 나를 바라봤다.

"고집이라니…… 갑자기 시키면 어려운데. 그보다 좀 변태 같은 발언이라 소름 끼치거든?"

"아, 지금 어이없지? 하나 해결!"

미사토에게 이제 나는 타인이 아니다.

나는 자신 있게 생각하며 행복한 기분을 곱씹었다.

♦ ♦ ♦

쓰카사하마니시 고등학교 문화제에서 3학년은 그저 손님인 모양이다. 2학년을 중심으로 문화제가 진행되어 3학년은 사전 준비에도 당일 행사에도 거의 관여하지 않았다. 참가 자체가 자유라 집에서 공부해도 되고 사복 차림으로 구경하러 가도 됐다.

2학년 때 문화제를 마음껏 즐긴 반 애들은 이제 됐다고 만족한 모양이지만 나는 조금, 아니, 굉장히 아쉬웠다.

그래서 위원회에 가는 길에 2학년 교실 앞을 지나면서 산더미처럼 쌓인 상자를 보았을 때 나도 모르게 크게 한숨을 내쉬었다.

"아, 나도 문화제 판매원 하고 싶다. 모의 카페나 과자 준비 같은 거."

목소리를 낮춰 부럽다고 투덜대자 미사토가 이상하다는 듯 고개를 갸웃거렸다.

"리나, 공부하느라 바쁜데 문화제 안 귀찮아?"

"공부는 열심히 할 거고 시간도 부족하지만 청춘의 상징 같은 일도 하고 싶어."

소리 높여 주장하던 나는 떠오른 생각에 자조적으로 웃었다.

"하긴, 지금 반에서 뭔가 행사를 열어도 나는 못 즐기겠다."

지난 커닝 소동 때 미사토를 감싸려고 교무실로 간 나는 진범인 마야에게 완전히 미움을 샀다. 마야를 고발하진 않았지만, 마야는 내가 자기보다 미사토를 우선시했다고 여긴 모양이었다(뭐,

실제로 그렇기도 했지만).

반의 중심인물인 마야에게 미움을 샀다는 건 곧 반에서 붕 뜨게 된다는 의미. 모처럼 사귄 친구들이 내게서 멀어진 결과, 내 친구는 순식간에 미사토 한 명만 남았다.

"역시 미안하네."

"아니야. 나는 지금이 좋아. 진짜로."

미안해 하며 나를 살피는 미사토를 향해 밝게 웃어 보였다.

솔직한 심정이었다. 처음에 내가 상상한 근사한 청춘과는 달랐지만 절친 단 한 명이 곁에 있는 지금 훨씬 더 알차게 매일을 보낼 수 있었다.

"고마워."

미사토가 조용히 속삭이고 기쁜 얼굴로 나를 바라봤다.

사건 이후 나와 미사토 사이의 거리가 단숨에 줄어들었다.

미사토에게는 가족이나 쇼짱 이야기도 적나라하게 털어놓았는데 아직 병에 대해서는 밝히지 않았다. 내 병을 알아도 미사토가 멀어지진 않겠지만, 간신히 쌓아 올린 이 마음 편한 관계가 무너질까 두려웠다.

미사토가 나와 친구로 지내는 이유가 나를 위해서가 아니라 미사토 자신의 의지라는 걸 알게 된 지금, 나는 세상에서 최고로 행복했다. 행복해서 망설여졌다.

특별실에 도착해 자리에 앉는데 미사토가 "아!" 하고 외쳤다.

"왜 그래?"

"리나, 볼런티어 위원회 모임 카페 같이 돕자."

볼런티어 위원회는 문화제에서 카페테리아를 열 예정이었다. 귀여운 카페 인테리어와 맛있는 과자가 매력적인데, 마찬가지로 3학년은 참여하지 않아도 되는 분위기였다.

내 마음을 읽었는지, 미사토가 이어서 설명했다.

"볼런티어 위원회 카페테리아, 매년 인기라 제법 붐벼. 세계유산 건축물 미니어처로 장식하고 그 나라의 명물 디저트를 팔거든. 3학년이 안 도와도 되는 건 어디까지나 3학년을 배려해 주는 거니까, 돕겠다고 하면 좋아할 거야. 작년에도 3학년 선배가 몇 명인가 도와줬어."

"……그렇구나. 하고는 싶은데, 너도 같이하려고? 미사토, 작년에도 열심히 했잖아?"

문화제를 즐길 수 있는 건 당연히 기쁘다.

하지만 미사토도 수험생인데 그런 것까지 조르는 건 아무래도 미안했다.

"그건 그렇지만, 작년에 꽤 즐거웠거든. 미니어처 만드는 거 보람도 있고. 내가 종종 보는 건축 도감 참고해서 이것저것 만들었는데……. 맞다, 얼마 전에 알았는데 그 책, 리나가 가려는 M 대학 교수가 쓴 책이더라."

"그랬구나! 그나저나 건축물을 정말 좋아하네."

"어, 응. 맞아. 좋아, 하나?"

미사토가 쑥스러운지 뺨을 긁적이더니 말을 보탰다.

"그리고…… 친구랑 같이 준비하는 건 처음이니까."

이번에는 내가 눈을 동그랗게 뜰 차례였다.

문화제 담당인 마쓰무라에게 준비를 돕고 싶다고 하자 굉장히 기뻐했다. 장식, 의상, 예산 분배 등등 방과 후에 고생고생하며 준비했다.

그리고 드디어 문화제 당일.

나와 미사토는 멋이라곤 없는 새까만 앞치마 차림으로 묵묵히 생크림을 거품 냈다.

솔직히 말하면 귀여운 옷을 입고 돌아다니는 웨이트리스를 하고 싶었지만, 다들 생각하는 게 똑같아 웨이트리스 지망자가 많았다. 선배인 우리는 "뭐든 괜찮아" 하고 웃으며 양보하고 후방에서 지원하기로 했다.

"이제 내가 할게."

땀을 삘삘 흘리며 생크림을 거품 내는 미사토의 손에서 볼을 빼앗자, 미사토는 비틀거리며 조리대에 기댔다. 휴, 크게 숨을 내쉬고 셔츠 단추를 두 번째까지 풀고 손으로 펄럭펄럭 부채질. 살짝 드러난 가슴이 요염해 나도 모르게 시선을 피하며 거품 내기에 집중했다.

"리나, 정말 고마워."

피곤한 목소리로 말하는 미사토 쪽으로 시선을 주지 않고 나는 거품기를 척척 돌렸다.

투명한 볼에 든 생크림은 표면에 막 물결이 생긴 정도로 전혀 굳어져 있지 않은 상태.

"하하! 체력에는 자신 있으니 힘쓰는 일은 맡겨줘."

내가 웃으며 말하자, 미사토가 땅이 꺼질 듯 한숨을 쉬었다.

"체력 없어서 미안. 리나는 왜 그렇게 기운이 넘쳐?"

"글쎄. 매일 와타라세渡瀬에서 자전거 타고 다녀서?"

도쿄에 살 때부터 내 주요 교통수단은 자전거였다. 가장 큰 이유는 교통비 절약이지만, 체력도 붙고 다이어트도 되니 일석삼조다. 여기 쓰카사하마초司浜町는 전철 요금이 비싸 자전거 생활에 박차가 가해졌다.

"뭐? 와타라세에서 자전거로?"

손을 계속 움직이면서 빽 놀라는 미사토를 바라봤다.

내가 사는 와타라세 지구에서 학교까지는 자전거로 삼십 분 정도로 못 다닐 거리는 아니다. 그런데도 미사토는 감탄하며 나를 우러러봤다.

"대단하다, 리나. 와타라세에서 자전거로 오다니……. 우리 집은 시모세下瀬 지구인데 난 자전거로는 못 다녀. 초등학교 이후로 탄 적 없어서 분발해도 십 분 이상은 못 탈걸."

"뭐!"

이번에는 내가 놀랄 차례였다.

시모세 지구는 학교 바로 근처다. 굳이 전철을 타고 다닐 거리가 아닌데…….

"자전거 없이 어떻게 돌아다녀?"

"전철이나 버스. 사실 일단 집에 들어가면 거의 밖에 안 나와."

"진짜? 나는 가만히 있는 게 싫어서 집에 가서도 쇼핑이니 산책이니 툭하면 외출하는데."

나와 미사토는 잠시 서로를 바라봤다.

"본받아야겠다."

우리는 동시에 중얼거리고 입을 다물었다.

잠시 침묵한 뒤, 내가 먼저 입을 열었다.

"……이렇게 정신 산만한 나를 왜 본받으려고?"

"그건 내가 할 말이야. 체력 있는 게 당연히 좋지."

의아하게 미간을 찡그리는 미사토를 나는 물끄러미 바라봤다.

정말 지친 모양이다. 온화하게 웃는 표정이 기본인 미사토인데 지금은 드물게 나른해 보였다. 땀을 흘려 부들부들한 머리카락이 피부에 착 달라붙었고, 벌어진 셔츠 사이로 보이는 하얀 피부가 반질거렸다. 지금 미사토는 평소보다 삼십 퍼센트 이상 매력적이었다.

"체력은 그렇다 치고, 나도 너처럼 침착해지면 페로몬 풍길 수 있을까……."

"페로몬?!"

오늘 두 번째로 빽 소리를 높이는 미사토를 빤히 쳐다보며 나는 의미심장하게 고개를 끄덕였다.

"응. 사실 처음 봤을 때부터 생각했고 오늘 특히 더 그런데, 미사토 되게 섹시해. 진짜 부러워. 나는 지금까지 페로몬이 신체적인 데서 나온다고 생각했거든? 남자는 불끈불끈한 근육, 여자는 탱글탱글한 가슴. 그래서 나도 가슴만 커지면 섹시해질 줄 알았는데, 너 보니까 아닌 것 같아."

미사토는 비쩍 마른 체형이라 어딘지 중성적인 분위기. 내가 생각하는 섹시한 몸이 아닌데도 이상하게 요염했다.

"……그렇게 단순한 건 아니지 않나."

미사토가 머리에 손을 짚고 질렸다는 듯 내뱉었다.

"역시 차분한 게 비결일까? 미사토 생각은 어때?"

"음, 남자는 잘 모르겠지만 여자라면 목덜미? 평소에 머리 길게 풀고 다니는 애가 묶어 올렸을 때나……."

그러면서 힐끔 내 쪽을 보는 미사토에게 와락 달라붙었다. 나는 지금 평소 늘어뜨린 머리카락을 포니테일로 묶었다. 지금 그말은 미사토 특유의 다정함으로 나도 섹시하다고 격려해 주는 거였다.

"고마워, 미사토. 진짜 다정해."

"자, 잠깐!"

미사토는 귀찮다는 듯 나를 밀어내더니 한숨을 푹 쉬었다.

"근데 미사토, 페로몬 만들려고 특별히 하는 거 있어?"

"있을 리 없잖아!"

미사토의 강한 부정을 "그렇지?" 하고 흘려들으며 볼을 보니 어느새 생크림이 폭신하게 완성돼 있었다.

"아, 됐다!"

드디어 한시름 내려놓고 주위를 둘러보자, 후배들은 모두 평화롭게 작업 중. 판매용 과자를 포장하거나, 프릴 달린 귀여운 앞치마의 리본을 조절하거나, 벽에 차림표를 붙이거나. 피곤한 티 하나 없이 밝은 표정에 다들 즐거워 보였다.

"우리가 제일 고생한다."

내가 웃자 미사토도 수긍했다.

"그러게."

"그래도 고생한 만큼 추억으로 남겠지? 문화제 때를 떠올리면 땀 뻘뻘 흘리면서 거품기 휘젓던 내가 생각날 거야."

"한 시간 내내 생크림만 젓는 걸 언제 또 해 보겠어."

잠깐 둘이 웃은 뒤에 미사토가 생각났다는 듯 말했다.

"아, 마쓰무라가 그러던데. 예상했던 것보다 소수 인원으로도 괜찮을 것 같다고 잠깐 쉬어도 된대."

"그래?"

당일은 정신없이 바쁘다고 들어서 종일 주방에서 일할 각오였는데, 돌아다닐 시간이 생겨 솔직히 기뻤다. 어차피 구경도 못할 텐데 싶어 팸플릿은 거들떠보지 않았지만, 미사토는 올해로 세 번째니 웬만한 내용은 파악하고 있을 터. 안내해 달라고 하자.

나는 당연히 미사토랑 구경할 생각이었는데—

"리나는 쇼쨩한테 가봐."

미사토가 싱긋 웃으며 말했다.

"어? 너는?"

"마쓰무라랑 구경하려고. 약속했거든."

"약속했어?"

"응. 아까."

이건 미사토의 배려다. 내가 미안해 하지 않고 쇼짱과 시간을 보낼 수 있게 일부러 말해준 거다. 알면서도 왠지 대놓고 기뻐할 수 없어 나도 모르게 고개를 숙였다.

"맞다. 어제 만든 마카롱, 몇 개 가져가도 된다던데, 쇼짱한테 선물하면 어때?"

"아, 응……. 고마워."

나는 얼른 고개를 들고 애교 있게 웃었다.

다정함이 지나친 미사토가 알게 해선 안 된다.

절친을 후배한테 빼앗긴 기분이 들어 울컥했다는 걸.

손님들 발길이 어느 정도 잦아든 오후, 식당에서 빠져나와 쇼짱의 교실로 갔다.

주머니에는 어제 만든 마카롱을 넣고. 반투명 봉지에 넣어 아기자기한 분홍 리본으로 포장했다.

복도를 뛰어가며 완성된 마카롱을 맛보던 어제 일을 떠올렸다. 씹을 때는 바삭바삭한데 다음 순간 입안에서 촉촉하게 녹는 마카롱 꼬끄, 상큼한 산미와 깔끔한 맛이 조화로운 라즈베리 크림, 두 가지가 한데 어우러진 말로 표현할 수 없는 행복한 맛에 뺨이 흐물흐물 녹을 것 같았다.

"어라?"

교실로 가던 중에 우연히 쇼짱을 발견했다.

쇼짱은 내가 있는 줄 모르고 복도를 빠르게 걷고 있었다.

"……쇼짱."

나는 쇼짱을 우두커니 지켜볼 수밖에 없었다.

쇼짱의 팔에 여자애 팔이 엉켜 있었기 때문에.

친밀해 보이는 쇼짱과 여자애에게 말을 걸지 못한 채, 나는 두 사람의 뒤를 쫓았다.

쇼짱이 바람을 피운다고 단정 지을 순 없었다. 공학이니 여자와 둘이 걷는 것쯤 드문 일이 아니니까. 팔짱까지 낀 건 조금 지나친 감이 있었지만 나는 남녀 사이 우정을 긍정하는 파라 그 정도쯤은 충분히 허용할 수 있다.

쇼짱은 바람을 피울 애가 아니고, 쇼짱의 당황한 표정이 그걸 뒷받침해 준다. 하지만 저 여자애는 틀림없이 쇼짱을 좋아할 것이다. 여자애는 뭔가 결심했는지 진지한 표정으로 앞을 똑바로 응시했다. 용감해 보이면서도 발갛게 물든 뺨과 촉촉한 눈동자가 유난히 요염했다. 친구 손을 잡아끌 때의 표정이 아니었다. 누가 봐도 사랑에 빠진 여자애의 얼굴이었다.

그렇다면 역시 쫓아가면 안 되겠지. 훔쳐보는 건 저 애한테는 물론이고 쇼짱한테도 실례다. 못 본 척하거나 당당히 말을 걸거

131
8월◆9월

나, 선택지는 둘 중 하나. 쇼짱이 좋아하는 나라면 반드시 둘 중 하나를 선택할 터. 머리로는 알았지만, 나는 역시 지아키가 아니었다. 연인이 다른 여자애와 좋은 분위기를 풍기는 게 신경 쓰여 미치겠는데 그렇다고 난입할 만큼의 용기나 배짱은 없었다.

둘은 묵묵히 걸음을 옮겨 마침내 학교 건물의 동쪽 끝, 인기척 없는 도서관 뒤뜰에 도착했다.

나는 수풀 그늘에 숨어 몰래 둘을 살폈다.

둘은 한참이나 말없이 서 있기만 했는데, 곧 여자애가 불쑥 뭔가를 내밀었다. 쇼짱이 귀엽게 포장된 상자를 열자, 안에서 조개 모양의 마들렌이 나왔다. 색감도 일정하지 않고 형태도 일그러진 마들렌. 직접 만든 게 분명했다.

놀라며 여자애한테 뭐라고 말하는 쇼짱. 여기까지 들리진 않았지만 아마도 고맙다는 말이겠지. 그러자 여자애가 기쁜 듯 웃으며 쇼짱을 올려다봤고, 그러고 나서 이끌리듯―

키스했다.

나도 쇼짱도 그 여자애도 시간이 멈추기라도 한 듯 움직이지 못했다.

"앗!"

여자애가 먼저 정신을 차리더니 작게 비명을 지르고 새빨개진 얼굴로 도망쳤다.

그 뒷모습을 한참 지켜본 후에야 나도 간신히 정신을 차리고 허둥지둥 그 자리를 떴다. 여전히 넋을 잃고 서 있는 쇼짱을 남겨두고.

카페테리아로 돌아가며 오른쪽 주머니를 살짝 만졌다.

여자애가 만든 마들렌보다 훨씬 훌륭한 내 마카롱. 하지만 이젠 줄 수 없다. 마카롱은 며칠 뒀다 먹어도 되지만 당분간은 쇼짱을 못 만날 것 같았다.

그 후, 카페테리아로 돌아온 나는 미사토에게 전부 털어놓았다(미사토는 마쓰무라와의 약속을 취소하고 내 투정을 들어주었다). 그런 뒤에 마음을 비우고 과자 토핑과 라테아트에 집중했다.

마쓰무라가 "선배, 표정이 좀 무서워요" 하며 겁먹은 눈으로 쳐다봤지만 내가 만든 디저트와 카페라테는 문화제에서 나올 수 준이 아니라는 평판을 받았고, 볼런티어 위원회의 카페테리아는 역대 최고 매출을 기록했다.

◆ ◆ ◆

"……쇼짱이랑 얘기 좀 나눴어?"

주전자로 차를 따르며 미사토가 조심스럽게 물었다.

우리는 미사토 집에서 둘만의 스터디 모임 중이었다. 실력 고사까지 얼마 남지 않았는데 공부라곤 도무지 안 하는 미사토에게 공부를 가르친다는 명목으로. 최근 들어 생각만큼 공부 시간을 확보하지 못한 내게도 집중해서 공부할 좋은 기회였다.

아까 미사토 어머니에게 인사를 드렸을 때도 "우리 애가 의욕

이 생기다니…… 리나 덕분이야. 정말 고맙구나" 하고 기쁘게 환
영해 주셨다(아니, 미사토는 도대체 얼마나 공부를 안 하는 거지?). 그래
서 오늘은 열심히 공부하려고 의욕이 넘쳤는데, 공부 시작하고
한 시간 만에 "아아, 지쳤어……" 하고 중얼거리는 미사토에게
휩쓸려 일찌감치 쉬는 시간에 돌입해 버렸다.

"얘기 안 했어. 그쪽도 별 얘기 없고 내가 말할 수도 없고."

미사토가 아까부터 궁금해 하는 건 문화제 날의 그 키스 사건.
그런 일이 있었지만 나와 쇼짱은 변함없이 사귀고 있다.

"그래도 여자친구가 있는데 다른 여자애랑 키스하다니……
말도 안 돼."

예전부터 생각했지만, 미사토는 쇼짱을 안 좋게 본다. 둘 다
붙임성이 좋고 비슷한 면도 있어 말을 트면 친해질 것 같은데.
예전에 둘 다 달달한 것을 좋아하는 걸 구실 삼아 미사토에게 쇼
짱을 소개하려고 계획했는데(점심시간에 같이 디저트를 먹자고 제안했
다) 그때도 미사토는 쌀쌀맞게 거절했다.

"진짜 최악이야. 리나, 더 좋은 남자 있을 거야."

"그래도, 쇼짱한테도 불가항력이었잖아."

투덜투덜 불만을 늘어놓는 미사토를 진정시키자, 미사토가 의
아한지 고개를 갸웃거렸다.

"리나, 화 안 나?"

"응, 전혀."

솔직한 심정이었다.

남자친구가 모르는 여자애에게 키스당하는 현장을 목격했으니 당연히 동요했고, 마음이 진정되기까지 다소 시간이 걸렸다.

하지만 그뿐이었다. 하룻밤 자고 동요가 가라앉은 뒤에 찾아든 감정은 분노나 슬픔이나 억울함이 아니라 그저 평온함이었다. 마음이 차분히 진정되어 평소의 나로 돌아올 수 있었다.

나는 원래 질투심 강한 성격이다. 그래서 이번 일을 지나칠 정도로 순순히 받아들인 내 감정에 당황했고 불안해졌다. 이건 내가 아니야. 어떻게 된 거지?

그런 불안으로 공부에도 집중이 안 됐다. 매일 보는 쪽지 시험에서도 실수 연발, 수업 중에 선생님이 질문하면 기상천외한 대답을 반복. 그런 나를 미사토가 걱정해 주는 건 알지만, 그런 걸로 상담할 순 없었다.

그런데 오늘 아침에 퍼뜩, 돌연히 깨달았다.

나는 성장한 거다.

볼런티어 위원회에 들어가 봉사 정신을 배우고, 미사토라는 다정한 절친 곁에서 오랜 시간을 함께 보내면서. 연인을 위해 나 자신을 억누르고 지아키를 흉내 내면서.

그 모든 것이 쌓여 깊은 질투심을 떨쳐낼 수 있게 된 거다.

내가, 마침내 달라진 거다.

"정말 괜찮아."

손가락으로 브이 자를 그려 보이자 미사토가 나를 정면으로 바라보며 심각한 목소리로 물었다.

"……쇼짱이랑 안 헤어질 거야?"

헤어져야 해. 미사토는 심각한 표정으로 진심으로 그렇게 생각한다는 걸 전해 왔다.

"리나, M 대학 가고 싶다며? 매일 열심히 공부하잖아. 남자친구 때문에 떨어지면 너무 아깝지 않아?"

대답하지 못하는 나를 미사토가 계속 설득했다.

"전에 진로상담 때 선생님이 그러셨어. '지금까지 인생보다 앞으로의 인생이 훨씬 길다. 입시 치를 때까지 일 년 희생해서 미래가 열린다면 망설이지 말고 그렇게 해야 한다'. 리나는 확실한 목표가 있으니까 공부를 우선시해야지."

미사토의 말이 내 심금을 울리진 않았다.

선생님 말이 꼭 진실은 아니라는 걸 나는 아니까. 지금까지 인생보다 앞으로의 인생이 훨씬 길다? 그렇지 않다. 그 말은, 운 좋은 인생을 운 좋다고 깨닫지 못하고 살아갈 만큼 운이 따르는 사람이 하는 허황한 말. 내일이나 내일모레나 일 년 후가 당연히 온다고 확신할 수 없다는 걸 나는 이미 알고 있다.

미사토의 진심 어린 눈빛을 피하려 고개를 숙이면서 나는 입을 열었다.

"안 헤어질 거야."

왜냐하면, 내 근사한 청춘에는 쇼짱이 필요하니까.

"서로 좋아하면 어떤 이유로든 헤어지면 안 된다고 생각해."

영화나 만화에 자주 나오는, 좋아해서 헤어지는 비극적인 사랑. 나는 늘 싫었다.

도무지 의미를 알 수 없었다. 좋아하면, 같이 있으면 되잖아.

"그리고 이제 진짜로 괜찮아."

나는 달라졌다. 자각하기까지 시간이 걸려 미사토를 걱정시켰지만, 이건 기뻐할 일이다.

미사토는 여전히 하고 싶은 말이 남은 듯 나를 바라봤지만, 이번만큼은 미사토가 뭐라고 하든 물러서지 않을 생각이었다.

"……그래."

미사토는 조용히 중얼거리더니 그 뒤로 입을 닫았다.

"응. 걱정해 줘서 고마워. 자, 이제 공부 좀 해야지."

무거워진 분위기를 풀려고 장난스럽게 말하며 문제집을 펼쳤다. 미사토도 묵묵히 교과서를 읽기 시작했는데, 뭐랄까, 여전히 분위기가 어색했다. 문제를 풀면서 미사토를 힐끔 봤는데, 미사토는 시무룩한 표정으로 아래만 보고 있었다. 공부에 집중한다고 볼 수도 있었지만 화가 난 것 같기도 했다.

"화장실 좀 다녀올게."

불편해진 나는 벌떡 일어나 방을 나섰다. 집에 왔을 때 안내받은 화장실에 가서 용무를 무사히 마쳤는데—

"……길을 잃었네."

긴 복도를 헤매기를 몇 분째. 나는 미사토 방으로 돌아가지 못하고 남의 집을 어슬렁어슬렁 배회하는 흉한 모습을 보이고 말았다. 부럽게도 미사토 집은 우리 집과 달리 굉장히 넓었다.

휴대폰이라도 가지고 나왔으면 좋았을 텐데. 책상 위에 올려둔 휴대폰을 떠올리며 한숨을 쉬는데 뒤에서 누가 말을 걸었다.

"리나?"

"네!"

얼른 돌아보자 미사토 어머니가 서 계셨다.

"죄송해요. 화장실 다녀왔는데 길을 잃어서…… 방을 못 찾겠어요."

고개를 숙이자 미사토 어머니가 웃으며 "이쪽이야" 하고 안내해 주었다.

"있잖아, 리나야. 우리 애 말이야, 하고 싶어 하는 게 뭔지 아니?"

갑작스러운 질문에 순간 말문이 막혔다.

"하고 싶은 거요?"

나는 앵무새처럼 되물었다.

"응……. 장래 희망이나 대학에 가서 하고 싶은 공부 같은 거, 그런 얘기도 하니?"

"죄송해요. 그건 못 들었어요."

미사토 어머니는 내 대답을 듣자마자 어깨를 축 늘어뜨리고 "역시 그렇구나" 하고 혼잣말을 했다.

상심한 모습이 가슴 아파 "저……" 하고 말을 걸자, 어머니가 "미안" 하고 얼버무리듯이 웃었다.

"갑자기 열심히 공부하니 혹시 꿈이라도 생겼나 싶어서."

"······꿈."

자식에게 꿈이 있었으면 하는 마음은 이해하지만 그 정도로 실망할 필요가 있을까?

고등학교 때부터 구체적인 꿈을 갖고 있는 사람은 사실 거의 없는데.

그런 생각을 하는데, 미사토 어머니가 나를 지그시 바라보며 간절한 표정을 지었다.

"애, 리나야. 만약 저 애가 뭐든 하고 싶은 일을 찾았다고 하면, 네가 응원해 줄래?"

"그럼요. 당연히 응원하죠."

반대할 이유가 없다. 당연한 일이다.

내가 고개를 갸웃거리자, 미사토 어머니가 얼른 설명을 덧붙였다.

"저 애 말이야, 자기가 가업을 이어야 한다고 생각하거든. 나도 남편도 저 애가 하고 싶은 일을 찾으면 그 길을 최우선으로 생각해 주었으면 하는데, 아무리 그렇게 말해도 안 믿더구나. 그래도 리나한테라면 솔직하게 말할 테니까. 그러니까 하고 싶은 게 생겼다고 하면 열심히 해도 된다고 말해줄래?"

미사토는 사랑받고 있다. 미사토와 닮지 않은 미사토 어머니의 까만 눈동자를 바라보며 왠지 모르게 기뻤다.

"그럴게요."

나는 고개를 끄덕였다. 그리고 물었다.

"그런데 가업이 뭐예요?"

미사토 집은 바다 바로 옆. 바다와 관련된 일, 혹시 어부? 미사토처럼 가느다란 팔뚝으로는 못할 것 같은데? 멋대로 상상하는 나를 보며 미사토 어머니가 부드럽게 미소 지었다.

"진주 양식을 하고 있단다."

생각지도 못한 답이라 놀랐는데, 어머니가 웃으며 설명해 주셨다.

"이 일대가 진주 산지거든. 제법 알려진 관광 명소이기도 하고."

"그런가요?"

진주 양식이 구체적으로 어떤 것인지는 모르지만 어부보다는 미사토한테 어울릴 것 같았다. 나는 여기까지 오면서 봤던 풍경 하나를 떠올렸다.

"이 근처에 있던 커다란 돌비석도 그거였군요."

'진주의 마을 쓰카사하마에 어서 오세요', 관광지에 흔히 있는 그런 비석일 것이다.

혼자 고개를 끄덕이며 말하는 내게 미사토 어머니가 묘한 표정을 지어 보였다.

"아, 그건…… 무덤이야."

무덤이라니, 누구의?

내 생각을 짐작했는지 미사토 어머니가 쓴웃음을 지었다.

"조개의…… 무덤. 진주는 조개 안에 생기니까 완성된 진주를 꺼내려면 조개를 죽일 수밖에 없어. 그래서 조개의 무덤. 우리는 조개의 목숨을 희생시켜 밥벌이를 하니 그렇게 공양을 하는 거란다."

입을 다문 나를 보고 미사토 어머니가 말했다.

"미안하다. 잔혹한 얘기지?"

"아니요."

괜한 오해를 하시게 해 면목 없다고 생각하며 나는 고개를 가로저었다.

잔혹한 얘기.

평범한 여고생은 이런 이야기를 들으면 그렇게 생각할지도.

하지만 나는…… 그 잔혹한 조개의 일생을 다른 누구도 아닌 나 자신과 겹쳐 보았다.

서로 닮았다고 생각하며.

오로지 진주를 키우기 위해 사는 조개와 마찬가지로 지금 나는 물방울을 키우기 위해 살고 있다.

조개와 다른 점은 남의 지시를 받아서가 아니라 스스로 그렇게 하겠다고 정한 것뿐.

"여기야."

방 앞까지 안내를 받고 미사토 어머니와 헤어졌다.

방으로 들어가니 좀 전까지의 거북했던 분위기는 간데없었고, 미사토가 "왜 이렇게 오래 걸렸어?" 하면서 의아하게 나를 바라봤다.

"길을 헤맸어."

허탈하게 웃으며 대답하고 미사토 앞에 앉아 은근슬쩍 물어봤다.

"미사토 집, 진주 양식 한다며? 방금 어머니께 들었어."

"응. 말 안 했나?"

미사토는 순순히 대답하더니 갑자기 환하게 웃었다.

"리나는 진주 닮았어."

⋯⋯미사토한테 내가 아프다는 얘기는 안 했는데?

내가 아무 말 못 하고 굳어진 줄도 모르고, 미사토는 느릿느릿 일어나 서랍에서 뭔가를 꺼내 왔다. 그리고 내 귀 근처에 가져다 댔다.

"역시. 진짜 잘 어울려. 사실 처음 만났을 때부터 생각했어."

미사토는 진주가 달린 커프스단추를 쥐고 있었다.

내가 '어울려'라고 한 걸 '닮았다'라고 잘못 들었나?*

내가 가만히 있자 미사토가 어리둥절해 하며 물었다.

"왜 그래?"

뭐든 말해야 한다. 당황해서 "아아, 응, 그러니까⋯⋯" 하고 얼버무리려는데, 마침 생각났다.

"아! 나도 진주 있어. 아빠가 준 거."

안주머니에 넣어둔 부적 주머니에서 진주 한 알이 달린 귀걸

● 일본어의 '닮았다'와 '어울린다'는 '니테루(似てる)'와 '니아우(似合う)'로 발음이 다소 비슷하다.

이를 꺼내 미사토의 눈높이까지 들어 올렸다. 미사토는 연분홍색 작은 알갱이를 차분히 살피고 감탄한 듯 중얼거렸다.

"아주 좋은 진주인데? 리나한테 정말 잘 어울려."

한숨이 나올 정도로 아름다운 미사토의 옆얼굴을 바라보며 나는 냉정하게 생각했다.

나한테는 안 어울려.

미사토는 다정하니까 아빠가 선물해 준 귀걸이가 안 어울린다고 못 하겠지. 근데 쇼짱은 솔직히 말해줬다. 나한테 진주는 안 어울린다고.

"왜 안 하고 다녀?"

"한쪽밖에 없어. 다른 쪽을 잃어버렸거든. 그래서 부적."

"그렇구나."

미사토가 안타까운지 미간을 찌푸려서 나는 "괜찮아" 하고 밝게 말했다.

"아."

미사토는 뭔가 생각난 듯 나를 보더니 이내 의미심장하게 웃었다.

왜 그러냐고 물으려는데 똑똑 노크 소리가 들렸다.

"마들렌이야. 간식."

"와! 감사합니다."

방긋 웃으며, 나도 모르게 쇼짱과 그 여자애를 떠올렸다. 하지만 내 마음은 잔잔했다. 시시한 일에 질투하는 형편없는 나는 이제 없다. 그 사실에 만족하며 쇼짱이 받은 것과 달리 알맞게 잘 구워져 맛있어 보이는 마들렌을 입에 넣었다.

쇼타,

기쁜
10월,

불안한
11월

여름 흔적이 순식간에 사라지고, 겉옷 안에 얇은 카디건을 껴입기 시작한 10월의 어느 날. 수업 시작 전의 소란스러운 교실로 굳은 표정의 이와무라 선생님이 들어왔다.

조용해진 교실에 메마른 뒷굽 소리만이 뚜벅뚜벅 들려왔다.

이와무라 선생님은 쥐 죽은 듯 고요한 교실 앞에 떡 버티고 서서 교실을 한 바퀴 둘러봤다.

"그럼……."

엄숙한 말투로 그렇게만 말하고, 들고 있던 종이를 책상 위에 쿵 올려놓는 선생님. 이제 가을 초에 치른 모의고사 결과를 알게 된다.

선생님이 이름을 부르기 시작하자, 조금 전까지의 고요함은 사라지고 교실이 순식간에 술렁였다. 내 옆에 앉은 학생은 대놓고 한숨을 쉬었지만, 나는 슬쩍 기대를 품고 있었다.

사실 자신 있었다. 친구들과 어울려 공부하기 시작하면서 공부 방침을 굳혔다. 지금까지는 닥치는 대로 문제집만 풀었는데, 다구치의 지도에 따라 일단 기초 다지기를 목표로 삼았다. 그랬더니 놀랍게도 지금까지 몰랐던 문제를 술술 풀 수 있게 됐다.

이름이 불려서 대답하고 일어나 웃음기라곤 전혀 없는 선생님에게서 A4 크기의 용지를 받았다. 얼른 자리로 돌아와 심호흡하고 용지를 봤다.

"……앗."

나도 모르게 소리가 새어 나왔다.

"쇼타, 어때?"

팔을 찌르며 묻는 가시와기에게 손가락으로 브이 자를 그려 보였다.

"조금이지만 올랐어."

M 대학 판정이 D로 올랐다.

D 판정은 다섯 단계 중 아래에서 두 번째이니 합격권 내는 아니다. 하지만 지금까지 계속 E 판정이었던 내게는 드디어 눈에 보이는 결과가 나타난 것이다. 이제까지의 노력을 인정받은 것같아 긴장했던 어깨에서 힘이 풀렸다.

"대단해!"

가시와기가 흥분해 외치며 내 어깨를 톡 두드렸다.

"너는 어때?"

내가 묻자, 가시와기는 생글생글 웃으며 내게 보이도록 용지를 기울였다. B 판정, 합격권 내다.

"넌 변함없이 대단한데?"

"난 여름 전부터 이랬는데 뭐. 쇼타는 지금 순조롭게 오르고 있으니 괜찮아. 다음에는 C로 올라갈 거야."

"그럼 좋겠다."

가볍게 잡담을 나누는데 앞에서 이와무라 선생님이 으흠 헛기침을 했다. 선생님은 웅성거리던 교실이 정숙을 되찾기를 기다렸다 천천히 입을 열었다.

"여러분, 지금 본인 실력 확인했습니까? 결과가 만족스럽지 않은 사람은 정진하세요. 좋은 결과가 나온 사람도 방심은 금물입니다. 오늘의 노력이 미래로 이어집니다."

선생님이 낮은 목소리로 설교를 이어갔다.

"여러분은 지금 중요한 시기에 있습니다. 공부 이외의 일에 신경 쓸 시간은 없어요. 며칠 전에 어떤 학생의 부모님께 믿을 수 없는 소식을 들었습니다. 이 반에서 알게 된 학생끼리 교제를 시작해서 연애에 정신이 팔렸다더군요. 너무하다 싶겠지만 확실히 말해두겠습니다. 지금 사귀는 사람이 있다면 당장 헤어지세요."

선생님은 유난스럽게 한숨을 쉬고 계속했다.

"원래는 여러분이 청소년답게 연애하는 걸 막지 않습니다. 하지만 다시 한 번 말하겠습니다. 지금은 중요한 시기입니다. 앞으로 몇 개월이 여러분의 일생을 좌우합니다. 여러분이 소중하기 때문에 굳이 이런 소리를 하는 겁니다. 지금 연애에 신경 쓰는 건 바보나 하는 짓입니다. 앞으로 살아갈 긴긴 일생에서 그럴 수 있는 시기는 얼마든지 있습니다. 지금은, 지금만큼은 공부에 집중하세요."

억양을 넣어 가두연설 하듯이 당당하게 말한 선생님이 나를 날카로운 눈빛으로 노려보았다. 그런 느낌이 들었다.

"알아들었습니까?"

반박은 용납하지 않겠다는 단호한 목소리. 그러고 나서 선생님은 교과서를 펼치며 수업 준비를 시작했다.

"누구 부모님일까?"

옆에 앉은 가시와기에게 목소리를 낮춰 물었다.

"글쎄? 내가 아닌 건 확실한데."

가시와기가 농담처럼 대답하고 그 옆에 앉은 가와사키의 어깨를 툭 쳤다.

"너도 신경 안 써도 돼. 너는 공부 열심히 하니까."

"으, 응."

가와사키가 가볍게 고개를 끄덕이며 어색하게 웃었다. 언니 때문에 트라우마가 있는 가와사키에게 이와무라 선생님의 말은 무척 충격적이었을 것이다.

"괜찮다니까. 그렇지, 쇼타?"

"괜찮고말고."

그렇게 말하며 앞쪽에 앉은 다구치를 힐끔 보았다. 다구치는 손으로 턱을 괴고 멍하니 허공을 올려다보고 있었다. 어쩌면 뭔가 알고 있는지도. 조각처럼 단정한 얼굴을 바라보며 근거 없이 그렇게 생각했다.

수업이 모두 끝나고 자습실에서 두 시간쯤 공부하는데, 창밖이 어두컴컴해졌다. 시계를 보니 아직 일곱 시. 얼마 전까지만 해도 이 시간이면 아직 밝았는데. 여름에서 가을로. 계절의 변화를 실감하는 건 이런 사소한 순간이다.

옆에서 가시와기와 가와사키가 열심히 문제집을 풀고 있고, 그 맞은편에 앉은 다구치도 뭘 하는지는 모르겠지만 가만히 몸을 웅크리고 있었다.

세 사람보다 공부가 부족한 나는 더 열심히 해야 하는데……. 아랫배에서 꼬르륵꼬르륵 한심한 소리가 나서 얼른 힘을 꽉 주었다. 양옆을 두리번거렸는데 아무도 내게 신경 쓰는 것 같지 않았다. 오른쪽의 가시와기는 진지한 눈빛으로 문제를 풀고 있고, 왼쪽의 남학생은 귀에 이어폰을 꽂고 있다.

안심하고 숨을 내쉰 순간, 꾸르륵, 배 속 벌레가 내는 우렁찬 소리가 조용한 자습실에 시끄럽게 울려 퍼졌다. 주변 학생들의 시선이 느껴져 나도 모르게 고개를 숙였을 때였다.

"패밀리레스토랑 갈래?"

어느새 곁에 와 있던 다구치가 귀에 대고 속삭였다.

가시와기와 가와사키도 놀란 얼굴로 다구치를 쳐다봤다.

"다 같이?"

작은 소리로 되물었다.

"둘이."

다구치는 피식 웃고 내 팔을 끌어당겼다.

"잠깐, 좀 기다려봐."

펼쳐진 문제집을 대충 가방에 쓸어 담고 질질 끌리다시피 교실을 나섰다. 문을 닫는데, 눈을 동그랗게 뜨고 우리를 보는 가와사키와 시선이 마주쳤다.

"다구치, 무슨 일 있어?"

어리둥절해서 다구치를 보는데, 다구치는 평소처럼 여유 넘치는 태도로 대답했다.

"배고프잖아? 소리 되게 요란하던데. 밥 먹자."

"아니, 그 얘기 말고."

학원에서 우리는 늘 넷이 함께 행동했다.

남자 둘, 여자 둘 그룹이니 다구치와 둘이 어울리는 게 이상해 보이지 않지만, 의외로 지금까지 다구치와 둘이었던 적은 없었다. 학교와 다르게 학원이니까 공부에만 열중하다 쉬는 시간에 같이 밥 먹는 정도라 단둘이 있을 기회가 없었다. 할 얘기도 대부분 공부나 공부와 관련된 것으로, 사적인 대화는 거의 나누지 않았다. 학원 친구들에게 마음은 터놨지만 깊은 관계가 될 거라곤 생각하지 않았다.

"다른 애들은?"

밖에서 밥 먹는 것도 처음이고 이왕 먹는데 다 같이 안 가는 것도 이상했다.

"뭐 어떠냐."

학원을 나오자 다구치는 갑자기 심각한 표정을 짓고 무뚝뚝하게 말했다.

유난히 어른스럽게 느껴지는 표정을 보며 깨달았다. 나는 반에서 가장 존재감이 넘치는 남자와 둘이서 대화를 나누게 되어 긴장하고 있었다.

다구치는 좋은 녀석이다. 공부를 잘하지만 공붓벌레는 아니었고, 늘 여유로운 태도에 어른스러웠다. 누구나 다구치를 대단하게 여기고 친해지고 싶다고 생각할 것이다. 반에서 가장 바보인 내가 다구치와 어울리는 것은 가시와기와 가와사키 덕분. 다구치의 여자친구인 가와사키와 그녀의 절친인 가시와기라는 쿠션이 있어 자연스럽게 행동할 수 있었다.

다양한 면에서 뛰어난 다구치라 열등감을 느끼진 않았는데, 다구치가 나와 둘이 얘기하는 게 즐거울지는 의문이었다. 나랑 얘기해도 다구치로서는 하나도 얻을 게 없을 테니 말이다.

다구치와 둘이 말없이 걸어가 조금 떨어진 프랜차이즈 패밀리레스토랑에 들어갔다. 여전히 무거운 분위기 속, 주문을 받으러 온 웨이트리스 누나에게 다구치는 햄버거, 나는 과일 파르페를 주문했다. 테이블 위의 물을 한 모금 마신 뒤에야 다구치가 가까스로 입을 열었다.

"……너한테 상의할 게 있어."

어깨를 움츠리며 작아진 그 모습은 반에서 대단하다고 여겨지는 평소의 다구치답지 않았다.

"어?"

다구치가 나한테 상의라니. 뭐든지 완벽하게 해내는 이 녀석에게도 고민이 있나? 내가 눈만 끔벅이자 다구치가 발끈한 표정을 지었다.

"나도 고민은 있거든?"

다구치는 뾰족한 말투로 툴툴대고는 조금 목소리를 낮췄다.

"오늘 선생님이 사귀느니 어쩌느니 했잖아? 선생님한테 얘기한 거, 우리 부모님이야."

"어?"

다구치는 멍청하게 입을 벌린 나에게서 겸연쩍은 듯 시선을 돌리며 어물어물 설명했다.

"나, 노조미랑 사귄다고 집에 얘기했어. 여자친구 생겼다고 사진도 보여줬고. 그래서 부모님도 아무 생각 없이 말했을 거야. 지난번 상담 때, '가와사키라는 여자친구가 생겨서 학원 다니는 게 재밌다네요' 하셨대. 나쁜 뜻은 없었을 거야. 그 말을 들은 선생님이 노조미하고 헤어지라고 설득하더라. 지금 시기에 연애해서 좋을 게 없다고. 물론 나는 싫다고 했는데…… 그랬더니 선생님이 노조미한테 똑같은 소릴 한 것 같아."

"오래 기다리셨습니다." 웨이트리스 누나가 생글생글 웃는 얼굴로 유니폼 프릴을 휘날리며 와서 다구치 앞에 햄버거를, 내 앞에 파르페를 망설이지 않고 내려놓았다.

"노조미네 언니 얘기, 알지?"

다구치가 햄버거와 함께 나온 감자튀김에 케첩을 뿌리며 침울하게 물었다.

"조금은."

남자친구가 생겨 입시에 실패했다고, 전에 가와사키가 말했다.

"노조미네 언니, 굉장히 우수한 학생이었나 봐. 근데 고3 여름에 첫 남자친구 사귀고 성적이 뚝 떨어졌대. 추천으로 대학이 결정된 남자친구가 놀자고 해서 공부 시간 줄이고 데이트했던 모양이야. 결과적으로 입시에 실패했고, 남자친구한테도 차이고, 장난 아니었다고……. 노조미는 자기도 그렇게 될까 봐 걱정해."

"근데 가와사키는 공부 열심히 하잖아. 너도 그런 나쁜 놈 아니고."

기운 내라는 내 말에 다구치는 "그건 그런데……" 하고 중얼거리며 한숨을 한 번 쉬었다.

"언니가 실패하는 걸 가까이에서 지켜봤으니 불안하겠지. 간신히 불안감을 없애고 사귀는 데 성공했는데 선생님이 또 그런 소리를 하고……. 아무튼, 요즘 노조미가 너무 힘들어 보여. 노조미를 편하게 해주려면 헤어져야 한다는 건 알지만……."

다구치는 거기서 잠깐 말을 멈추었다 다시 힘없는 목소리로 덧붙였다.

"너도 여자친구 있댔지? 너라면 어떻게 하겠어?"

늘 열 받을 정도로 여유 넘치던 다구치의 눈동자에 불안한 기색이 어렸다.

"나라면, 안 헤어져."

나는 또박또박 말하고 다구치의 눈동자를 당당하게 응시했다.

"왜?"

"서로 좋아하면 헤어질 필요 없으니까."

자신 있게 말하고 입 끝을 올려 웃었다.

늘 자신감 넘치고 당당한 다구치도 연애 문제 앞에선 약해진다. 그 당연한 사실이 이상하게도 기뻤다.

"다구치, 가와사키 좋아하지?"

다구치가 "뭐야, 갑작스럽게……" 하고 어색하게 웃더니, 떨떠름하게 말했다.

"나는 너희랑 달리 스카우트야."

"그게 뭔데?"

"학원 쪽에서 다녀달라고 부탁했어. 친구랑 같이 학원 모의고사를 한 번 봤는데 성적이 좋아서 부탁받은 거야. 학원에서 합격 실적 광고하잖아? 이 대학도, 저 대학도 붙었다. 나는 공짜로 다니는 대신에 여러 곳에 응시해서 합격해야 해. 너한테만 하는 얘기인데, 수험료도 부담해 준다고 하고 합격하기 어려운 대학에 붙으면 돈도 받을 수 있어. 뭐, 그런 조건 때문에 여자친구 생겼다고 시시콜콜 참견하는 건데⋯⋯."

다구치는 눈을 껌뻑이는 내 앞에서 손가락으로 뺨을 긁으며 "으으⋯⋯" 하고 작게 신음을 내뱉었다.

"학원에 입학한 뒤로 쭉 1등이었어. 근데 딱 한 번 노조미가 날 이긴 적이 있어. 배운 내용 확인하는 쪽지 시험 때. 나, 중간에 잤거든."

담담히 말하던 다구치가 갑자기 배시시 웃었다. 여태껏 본 적 없는 다정다감한 미소였다.

"노조미, 진짜 기뻐하더라. 웃는 게 귀여워서, 그때까지 말 한 번 안 해봤는데 나도 모르게 '축하해' 하고 말을 걸었어. 맨날 1등인 내가 그런 소리 하면 비꼬는 것 같잖아? 그런데 노조미는 고맙다며 웃더라. '열심히 공부했거든. 기뻐' 그러면서. 보통은 공부해도 안 한 것처럼 숨기잖아. 눈 밑에 다크서클이 새까만데 정작 시험날 공부 하나도 안 했다고 하고. 근데 노조미는 솔직했어. 고맙다는 말도 공부했다는 말도 기쁘다는 말도, 전부 솔직하게. 난 배배 꼬인 성격이라 그런 성격이 좋단 말이지."

다구치는 잠깐 쉬었다가 농담하듯 가볍게 말을 이었다.

"나, 노조미랑 사귀려고 되게 노력했어. 노조미는 처음에 연애할 생각 전혀 없었거든. 아무리 다가가도 그냥 웃기만 하고. 그래서 발표했어. 내가 얼마나 좋은 남자인지."

"⋯⋯좋은 남자?"

그야 다구치는 좋은 남자지만, 그걸 자기 입으론 말 안 하지,

보통은.

내가 얼굴을 찌푸리자 다구치가 낄낄 웃었다.

"잘생겼고, 성격도 좋고, 심지어 머리도 좋다. 결국 노조미의 마음을 움직인 건 똑똑한 머리였어. 나랑 사귀면 같이 공부할 수 있으니 성적도 오를 거다. 그렇게 설득했더니 간신히 사귀어줬어. 지금은 날 좋아해 주니까 괜찮지만."

다구치는 하하 웃고는 진지한 얼굴로 나를 바라봤다.

"너도 노조미랑 똑같아."

"내가? 뭐가?"

의미를 몰라 멍청하게 대꾸하는 나를 보며 다구치가 장난치듯 말했다.

"처음 말 건 건 가시와기였지만 눈독 들인 건 나였어. 어떻게 설득할지 생각한 것도. 너는 혼자가 좋다는 표정이었으니까 공부 가르쳐주는 걸 미끼로 삼아야 친해질 수 있겠다 싶었지."

듣고 나서야 깨달았다.

지금 다구치가 말한 가와사키와의 에피소드는 생각해 보니 그대로 내게도 적용됐다.

"바보란 걸 감추지 않고 노력하는 네 모습이 괜찮아 보였어. 대부분 자기가 바보인 줄 알면 열심히 공부했다는 소리 안 하잖아. 근데 넌 공부했는데 성적이 안 나온다, 그렇게 솔직히 말하더라. 그렇다고 자기 비하 하는 것도 아니었고. 열심히 했다고 하면서 고압적이거나 자기 비하 안 하는 사람, 아주 귀하거든."

다구치가 히죽 웃고는 말을 이었다.

"너라면 친구가 될 수 있을 것 같았어."

그렇게 말하는 다구치의 얼굴은 나와 마찬가지로 고민 많은 십 대 후반의 얼굴이었다.

"너랑 가와사키는 안 헤어지는 게 좋아. 친구가 해주는 조언이 야."

다구치와 마찬가지로 웃으면서 내가 충고했다.

"그렇지?"

대놓고 안심한 표정인 다구치를 보며 누군가 그렇게 말해주길 바랐을 그 마음이 이해됐다.

모두가 대단하다고, 완벽하다고 다구치의 실력을 인정하며 조언을 구하긴 해도 솔직하게 자기 의견을 말하진 않는다. 다구치는 확실히 대단한 녀석이지만 누군가가 응원해 주기를 바랄 때도 있지 않을까.

"……너 말이야, 이런 시간에 잘도 그런 걸 먹는다."

다구치가 생각났다는 듯 불쑥 말했다.

◆ ◆ ◆

자습실이 닫을 때까지 학원에 남아 있다 집에 가면 한밤중이다. 지칠 대로 지친 몸으로 밤길을 걷다 보면 어쩔 수 없이 야식 생각이 간절해진다. 어쨌든 우리는 늘 굶주린 수험생이고, 역까지 가는 길에는 라면집이나 패밀리레스토랑이 유혹적으로 늘어서 있다.

"야, 라면이라도 먹자."

휘황찬란하게 빛나는 전광판을 가리키며 다구치가 내 어깨를 두드렸다.

패밀리레스토랑에서 다구치의 상담을 들어준 이후 둘이서 움직이는 일이 많아졌다. 수업 중간에 편의점에 가거나 휴일에 도서관에서 공부하거나, 지금처럼 학원 끝나고 같이 밥을 먹거나. 그렇게 시간을 보내는 동안 다구치를 가시와기나 가와사키와는 다른 특별한 친구로 여기게 됐다. 가시와기도 가와사키도 소중한 친구고 같이 있으면 즐겁지만, 역시 같은 남자끼리의 편안한 관계는 대체할 수 없이 귀중했다.

"오늘은 패밀리레스토랑 어때? 단것 먹고 싶은데."

"괜찮긴 한데…… 넌 이렇게 늦은 시간에 단걸 잘도 먹네."

"밤이고 낮이고 상관없어. 공부하느라 머리 쓰면 단게 먹고 싶어."

"나는 전혀 안 그런데."

밤길을 걸으며 그런 시답지 않은 대화를 나눌 때였다.

"그러고 보니 아직 못 들었네. 너 그다음에 어떻게 됐어?"

"그다음?"

내가 고개를 갸웃거리자 다구치가 즐거운 듯 웃었다.

"문화제 때 말이야. 가시와기랑 무슨 일 있었잖아?"

"아, 아……."

나는 말을 흐리며 다구치에게서 시선을 돌렸다.

다구치는 지난달 쓰카사하마니시 고등학교 문화제를 보러 갔던 때의 일을 묻는 거다. 가시와기가 갑자기 나를 불러냈던 때의 일을.

쉬는 시간에 나눈 잡담이 시작이었다.

"있잖아, 다음 주에 우리 학교 문화제 하거든. 나 카페 스태프인데 놀러 올래?"

가시와기가 말을 꺼냈다.

"갈래! 하마니시 문화제, 규모 크기로 유명하잖아."

"나도 갈래. 공학이 어떤 분위기일지 궁금해."

"서비스 잔뜩 해줄 테니까 기대해. 달님 아이스크림 맛있으니까 꼭 시켜. 아, 팸플릿 줄게."

"고마워! 오, 미인 대회 하네. 열한 시에는 도착해야겠……."

"다구치, 너!"

두 사람이 사랑싸움을 하며 계획을 세우는 동안, 나는 가시와기에게 조용히 물었다.

"가시와기, 문화제 참가하네?"

쓰카사하마니시 고등학교의 문화제는 2학년이 주도적으로 이끈다. 3학년의 참가가 금지된 건 아니지만 곧 입시를 앞둔 시기라 나서서 스태프로 참가하는 학생들은 드물었고, 대부분 손님으로 당일에만 즐겼다.

"응……. 연극부 카페테리아에서 웨이트리스 할 거야. 일은 당일만 하고 준비는 후배들한테 떠맡겼어. 재미만 보는 셈이라 찔리네."

"아, 연극부 카페 스태프구나."

연극부는 매년 학교 홀에서 공연을 올리고, 그 공연을 모티프로 한 음식점을 동시에 연다. 연극부 카페는 부원들이 만든 분위기 좋은 실내에서 서빙하는 배우들과 즐겁게 교류하는 게 핵심으로 매출 상위에 자주 이름을 올렸다.

"쇼타, 작년에 혹시 보러 왔어? 나 작년에는 크리스틴이었는데. 화려한 드레스 입고 계속 노래 불렀어."

"작년에는 〈오페라의 유령〉이었나? 아쉽게도 못 갔어. 바빠서."

작년 문화제 때는 너무 바빠서 다른 동아리나 모임을 구경할 시간이 없었다.

가시와기는 뺨을 부풀리며 "뭐랏!" 하고 서운함을 표하고 몸을 숙여 속삭였다.

"그럼 올해는 꼭 보러 와."

사실 집에서 공부할 생각이었다.

내 성적과 지망 학교의 편차치를 고려하면 한가하게 문화제를 즐길 여유가 없었다.

하지만, 물끄러미 올려다보는 가시와기의 얼굴에 '거절하기만 해봐' 하고 또렷하게 새겨져 있었다.

나는 잠깐 망설인 끝에 고개를 끄덕였다.

"으, 응. 알았어."

"약속한 거다?"

재차 확인하는 가시와기와 주춤거리는 나를 다구치와 가와사키가 웃으며 지켜봤다.

문화제 당일은 청명한 가을 날씨였다.

"어이, 쇼타."

역 앞에 서 있던 다구치가 나를 보고 손을 번쩍 들었다.

마른 몸에 청바지, 셔츠와 재킷. 단순한 옷차림인데 멋있어 보이는 건 키가 크고 얼굴도 잘생겼기 때문이겠지? 게다가 머리까지 좋다니, 뭐 이런 놈이 다 있냐. 속으로 생각하며 느릿느릿 다구치에게 다가가 한숨을 푹 내쉬었다.

"솔직히 이런 짓 할 시간 있으면 공부하고 싶다……."

얼굴을 보자마자 우울하게 한탄하는 나를 보고 다구치가 진지하게 설교했다.

"이런 짓이라니. 다른 것도 아니고 문화제인데? 귀여운 여자애들 보며 눈이 호강하면 뇌가 산뜻해져서 공부 효율도 비약적으로 상승할걸."

"눈이 호강한다니…… 여자친구 화낼라. 근데 왜 내가 하루 종일 너랑 놀아줘야 하는 건데? 가시와기네 연극부 카페만 보고 얼른 집에 갈 생각이었는데."

가와사키는 오전 중에 볼일이 있어 늦게 온다고 했다. 아무리 다구치라도 다른 학교 문화제를 혼자 구경하기는 싫다고 했고, 결국 이렇게 이른 아침부터 다구치에게 끌려다니게 됐다.

"모처럼 온 거니까 학교 안내 좀 해줘. 여자애들 잘 모이는 곳 중심으로."

"……다구치, 가와사키한테 혼나도 난 모른다?"

한숨 섞어 경고하자 다구치는 낄낄거리며 내 등을 쳤다.

"바람 안 피워. 보기만 할 거야. 학교에 여학생들 있는 분위기를 느껴보고 싶다고. 네가 이 마음을 알겠냐?"

고개를 숙이고 분한 듯 이를 가는 다구치를 보며 나는 퉁명스럽게 대꾸했다.

"나는 남자만 있는 쪽이 상상 안 되는데."

"배부른 녀석! 우리 학교 애들이 들으면 얻어맞을 소리! 대학 확 미끄러져라!"

"저번에는 못 붙으면 가만 안 둔다고 했으면서……."

의미 없는 대화를 나누며 학교로 이어지는 언덕길을 올랐다. 길가 좌우에 심은 코스모스가 바람에 아른아른 흔들려 느긋하게 새삼 가을답다 생각했다.

"와! 바다 보이네!"

언덕을 올라 학교 건물 앞에 선 순간, 다구치가 불쑥 환성을 질렀다.

높은 언덕 위의 교정에서 거리 풍경과 그 너머로 펼쳐진 바다가 보였다.

화창한 푸른 하늘 아래에서 찬란하게 빛나는 바다는 확실히 아름다웠다.

다구치는 "대박!" 하고 한 번 더 감탄한 후에 나를 돌아보았다.

"이렇게 경치 죽이는 건물에 남녀가 같이! 그야 당연히 사랑이 싹트고도 남겠다."

"흠, 그럴지도."

그 말대로 나와 리나는 이 학교에서 만나 사랑에 빠졌다.

리나 얼굴을 떠올리자 연달아 오늘 약속(가장 큰 목적은 가시와기를 보러 가는 것, 다구치와 놀아주는 건 겸사겸사)이 함께 떠올라 우울해졌다.

리나, 진짜 질투심 강한 앤데. 내가 가시와기 만나러 온 걸 알면 화낼 게 틀림없다.

"가시와기도 기대한다더라."

내가 무슨 생각을 하는지 짐작했는지 다구치가 내 귀에 대고 속삭이더니 어깨를 툭툭 쳤다. 의미심장하게 웃는 다구치를 노려봤다.

"그렇구나. ……근데 뭐를?"

툭 내뱉듯 물었지만 다구치는 히죽거리기만 했다.

신발을 신은 채 건물 안으로 들어가(오늘만큼은 신발을 신어도 됐다) 입구에서 나눠주는 교내 지도를 보며 학교 안을 여기저기 돌아다녔다. 가시와기의 카페테리아에는 가와사키가 도착하는 점심쯤에 가기로 했다.

점술관에서 손금을 보고 다트 게임을 해서 봉제 인형을 따고 귀신의 집에도 갔다. 학교 홀에서 열린 미인 대회에 투표하고 체육관에서 열린 벼룩시장에서 아이쇼핑을 하고 도서관 창문 너머로 바다를 구경했다. 남자 둘이서 아주 신이 나서. 한심한 소리지만 굉장히 즐거웠다.

"야, 쟤 진짜 귀엽다. 노조미는 꽤 동안이니까. 저런 어른스러운 느낌도 눈 호강으로는 좋은데?"

"어른스럽다니. 쟤 1학년이야."

"뭣? 그럴 리가."

"우리 학교는 학년별로 리본이랑 넥타이 색이 다르거든. 올해는 빨간색이 1학년, 노란색이 2학년, 초록색이 3학년."

"진짜? 저렇게 어른스러워 보이는데 사실은 어리다니, 그게 또 의외로…… 그렇지 않아?"

"뭔 소리야, 몰라."

이런 멍청한 대화를 지껄이는 것도 남자끼리라 가능한 일.

점심이 지나 가와사키가 합류하자, 지금까지 신이 나서 여자애들 구경했던 다구치가 거짓말처럼 딱 잘라 말했다.

"미인 대회도 구경했는데 역시 노조미만 한 애가 없더라. 다른 애들은 전혀 눈에 안 들어오네."

한 입으로 두말하냐고 쏘아붙이고 싶었지만, 가와사키가 즐겁게 웃어 지적하기가 뭐했다.

휴일에 만나 해방감을 느끼는지 평소보다 두 배는 더 시시덕거리는 두 사람에게 진저리를 내며 가시와기가 있는 연극부 카페로 향했다.

'젤리클 무도회'라고 적힌 간판이 세워진 교실 앞에서 학생 여럿이 기웃거리며 문 열기를 기다리는 게 보였다. 한눈에 봐도 대단한 인기였다.

안을 들여다보고 나도 모르게 감탄했다.

"……대단하네."

연극부가 올해 올린 공연은 〈캣츠〉. 만월이 드리운 도시의 쓰레기장에 자유로운 고양이들이 모이는 그 유명한 뮤지컬이었다. 카페도 뮤지컬의 독특한 세계관을 완벽하게 재현했다.

창백한 조명을 받은 실내에는 한 짝뿐인 운동화 오브제와 망가진 자전거가 장식되어 있었다. 테이블로 쓰는 드럼통과 파이프 의자도 느낌 있었고, 무엇보다 천장에 매달린 거대한 달! 휘영청하다는 말이 잘 어울리는 동그란 달을 보다 보면 교실이라는 걸 깜박 잊을 정도였다.

뮤지컬의 세계에 젖어 든 채 개점을 기다리고 있을 때였다.

"젤리클 무도회에 오신 걸 환영합니다."

고양이로 분장한 여자애가 교실 밖으로 경쾌하게 걸어 나왔다.

"좀 전의 공연은 잘 보셨나요? 평소에는 자유롭게 사는 고양이들이지만 오늘만큼은 여러분을 위해 봉사합니다. 아무쪼록 잘 부탁합니다."

여자애는 연극하듯 말하고 생긋 웃더니 덜컹덜컹 미닫이문을 열었다.

안에서 기다리던 연극부원 몇 명이 손뼉을 치며 손님들을 환영해 주었다.

인테리어도 훌륭하고 연출도 기가 막혔다. 인기 있을 법도 하다, 감탄하며 교실로 들어섰다.

"······와줘서 고마워."

속삭이는 소리가 들려 돌아보니 가시와기가 바로 뒤에 서 있었다.

"그럼 안내하겠습니다."

가시와기는 모르는 사람 대하듯 말하고 우리를 자리까지 데리고 갔다.

"주문은?"

그러고는 내 쪽은 쳐다보지도 않고 물었다.

"음, 달님 아이스크림. 그리고 카페오레!"

환하게 웃으며 가시와기에게 주문하는 가와사키.

"그럼 나도 같은 걸로."

무릎에 메뉴를 놓고 들여다보며 조용히 중얼거리는 나.

다구치는 나와는 대조적으로 가시와기를 빤히 쳐다봤다.

"왜 너만 그렇게 야하냐?"

아무렇지 않게 묻는 다구치.

"······야하다니, 어디가."

다구치는 뽀로통하게 대답하는 가시와기에게 "야하잖아?" 하고 대꾸하고는, 곧이어 나를 보고 동의를 구하듯 물었다.

"쇼타 너도 그렇게 생각하지?"

"어, 어이!"

나까지 끌어들이지 말라고! 다구치에게 항의하려 앞을 보다 가시와기와 눈이 마주쳐 허둥지둥 시선을 피했다.

야한지 아닌지 예스, 노로 대답해야 한다면 확실히 예스.

앞에 선 가시와기는 까만 고양이로 분장했다. 광택 나는 새까만 의상은 몸에 착 밀착되는 보디슈트 같은 옷. 다른 학생들도 비슷한 의상을 입었지만, 프릴 달린 천이나 복슬복슬 털 뭉치 같은 장식이 잔뜩 달린 반면 가시와기의 의상에는 그런 것들이 없었다. 즉 가시와기의 신체 라인, 풍만한 가슴과 탄력 있는 엉덩이(가시와기가 얼마나 스타일이 좋은지 그제야 알았다)가 고스란히 드러나 뭐랄까…… 지나치게 섹시했다. 게다가 머리에는 고양이 귀, 엉덩이에는 꼬리까지 달려 그런 쪽의 잡지 표지에 장식될 법한…… 아니지, 내가 지금 무슨 생각을—

"어때 보여?"

정신을 차리니 가시와기가 나를 빤히 보고 있었다.

"어때 보이냐니……."

말을 어물거리며 시선을 피하는데, 주변 남학생들이 우리 쪽을 힐끔거렸다. 카페 안의 남자들이 대놓고 가시와기에게 주목하고 있었다.

"아, 안 추워?"

내가 말하자 옆에 앉은 다구치가 크게 한숨을 쉬었다.

"이 속 보이는 어필을 보고도 그런 소리가 나오냐."

"어이, 다구치……."

다구치를 나무라며 힐끔 보니 가시와기는 새빨개진 얼굴을 푹 숙이고 있다.

언제나 밝고 시원시원한 가시와기가 저런 표정을 짓다니, 정말 부끄러운 모양이었다.

"안 추워. 그리고 야하지도 않고 어필한 것도 아니야. 이것만 장식이 적다고 후배들이 싫어해서 어쩔 수 없이 입은 거라고."

변명처럼 중얼거리는 가시와기를 도와주려는 듯 가와사키가 끼어들었다.

"하루카는 진짜 스타일 최고야. 정말 잘 어울려."

일하러 돌아간 가시와기를 바라보며 우리는 시시한 수다를 떨었다.

그 후, 다구치와 가와사키를 남겨두고 먼저 돌아가려던 나는 가시와기에게 붙잡혔다. 조금만 있으면 일이 끝나니 같이 구경하자고 했다.

지금 막 시작했는데 벌써 빠져나와도 괜찮은가?

가시와기는 내 생각을 짐작했는지 "보조 참가라 바쁠 때만 돕기로 했거든" 하고 설명했다.

그래서, 나는 잽싸게 사복으로 갈아입은 가시와기에게 이끌려 다구치, 가와사키와 헤어지게 됐다.

◆ ◆ ◆

"아무 일도 없었어."

나는 고개를 저었다. 이어서 슬쩍 고개를 들고 웃어 보였다.

이건 거짓말이다.

두 사람과 헤어진 후, 나는 가시와기에게 이끌려 인기척 없는 곳으로 갔고—

그다음은 다구치에게 말할 수 없었다.

자연스레 입을 다문 나를 보고 다구치가 실실 웃었다.

"그렇다면 그런 걸로 해주지."

다구치는 흥 코웃음을 치더니 돌연 친근한 표정을 지으며 말을 이었다.

"아무튼 내가 하고 싶은 말은 이거야. 가시와기는 좀 덤벙대긴 해도 얼굴도 스타일도 괜찮아. 그리고 생각보다 좋은 녀석이고. 내 생각엔 너희 둘이 사귀면 진짜 잘될 것 같아."

"그런가?"

쾌활하게 웃는 가시와기의 얼굴을 떠올렸다. 좋아하는지 싫어하는지 묻는다면 두말할 것 없이 좋아한다.

처음 만났을 때는 조금 당황스러웠어도 지금은 장단 잘 맞는 대화도 기분 좋고 같이 있으면 즐겁다. 우울해 할 때도 티 내지 않고 위로해 줘서 솔직히 감동했다. 말투가 거칠어 어이없을 때도 있지만 같이 있으면 즐겁고 기운이 났다. 가시와기 옆에 있으면 편했다.

그러나 그건 아마도 가시와기가 리나와 조금 닮았기 때문이리라.

기운 넘치는 미소를 보면 리나가 떠오르니까.

"근데 난 여자친구 있어서."

내게는 리나가 있다.

리나를 진심으로 좋아하는 내가 가시와기를 그런 눈으로 보는 건 가시와기에게도 실례다.

"그랬지."

좀 더 참견할 줄 알았는데 다구치는 딱 그 말만 했다.

"애초에 가시와기가 날 좋아하는지 어떤지도 모르고……."

내가 어물거리자 다구치가 심술궂게 웃으며 나를 쳐다봤다.

"노조미가 준 정본데, 가시와기 걔, 처음에는 그 의상 입는 거 안 내켜했대. 근데 네가 온다고 해서 입었다더라. 너, 전에 여자친구가 평소에는 귀여운데 가끔 섹시해서 좋다고 했지? 그러니까 그거, 가시와기 나름의 어필이었던 거야."

"……."

"나도 기분이 복잡해."

다구치가 한숨을 내쉬었다.

"역시 친구니까 가시와기를 응원하고 싶은 마음도 있어. 그래도 네가 여자친구에게 일편단심이면 좋겠어."

"그…… 그런 거야?"

"그런 거다."

다구치는 웃으며 고개를 끄덕이고 내 어깨를 툭 쳤다.

"뭐, 가시와기가 어떻든 우리는 지금까지처럼 친구인 거다."

"친구."

나는 곱씹듯이 반복했다.

처음에는 학원에서 친구 따위 만들 생각이 없었다.

대학 합격을 위해, 필사적으로 노력하기 위해 스스로를 혹독한 환경으로 내몰 수밖에 없다, 바보 취급 당할 걸 각오하고 홀로 싸워야 한다, 그렇게 생각했는데.

"나한테 쇼타 너는 좀 특별해. 너랑은 일대일 친구라는 느낌이야. 학교 친구, 동아리 친구, 반 친구, 다른 애들은 우르르 몰려다니며 노는 사이니까."

다구치는 시원시원하게 말하더니 "헉, 나 지금 되게 느끼한 소리 했다"하고 얼굴을 찌푸렸다.

"나도 그래."

어쩌면 이게 절친일지도 모르겠다.

다구치 표현에 따르면 '느끼한' 생각을 하면서, 나는 문득 리나가 했던 말을 떠올렸다.

있잖아, 쇼타. 열심히 하지 못할 것 같을 때는 이걸 생각하고 힘을 내줘.

리나는 가녀린 가슴을 한껏 펴고 자신만만하게 말했다.

요즘 들어 깨달은 건데…… 무언가를 위해 열심히 노력하면 그 목표를 달성하지 못해도 그 이상의 어떤 것을 손에 넣을 때가 있거든. 그건 최선을 다해 노력한 사람한테 신이 주는 선물인 것 같아.

리나가 자신만만하게 말했을 때, 나는 추상적인 그 말의 의미를 하나도 이해하지 못했다. 무슨 뜻인지 묻는 내게 리나는 자기 경험을 섞어 자세히 설명해 주었는데 나는 여전히 알아듣지 못했다. 마지막에 '너를 좋아해'라는 의미를 담은 말을 들어 그저 기쁘고 가슴이 벅차 리나를 와락 끌어안았을 뿐이다.

그로부터 시간이 흐른 뒤, 이렇게 생각하게 됐다.

리나가 한 말은 옳지 않다.

목표 이상의 어떤 것을 손에 넣을 때도 있다고?

그건 패배자가 부리는 억지일 뿐이다.

M 대학에 합격하고 싶다면 M 대학에 합격해야 한다. 그렇지 않으면 노력한 의미가 없다.

나는 M 대학에 합격하고 싶다. 그러기 위해 하는 노력이고, 다른 건 필요 없다.

분명 그랬다.

하지만 지금, 나는 다구치라는 친구가 생겨 기뻤다.

M 대학에 합격하는 것 이상의 가치가 있는지 없는지는 잘 모르겠지만.

"쇼타. 역시 나는 라면이 먹고 싶네. 가위바위보로 정하자."

서로 먹고 싶은 음식이 다르면 따로 먹으면 된다. 예전이라면 그렇게 생각했을 텐데 혼자 먹는 파르페보다 둘이 먹는 라면이 더 좋다고 생각할 정도로 나는 다구치가 좋았다.

"가위바위……!"

그래도 역시 둘이 먹는 파르페가 제일 좋다.

그렇게 생각하며 주먹을 꽉 쥐고 흔들다 앞으로 내밀었다.

"……보!"

◆ ◆ ◆

"참, 헤어지기로 했어."

자습실이 닫히기 직전이었다.

가시와기와 가와사키는 먼저 돌아가고 나와 다구치 단둘이 남아 있었다.

난방이 꺼져 쌀쌀한 교실에서 다구치가 불쑥 말을 꺼냈다.

"아니지, 헤어졌어. 사후 보고라 미안하다."

무심하게 말한 다구치가 내 눈치를 살피듯 힐끗거렸다.

"……농담이지?"

"진짜야."

다구치의 목소리는 차분했다. 쓸쓸함이나 애절함은 느껴지지 않는 평온한 목소리였다.

"안 돼."

한편, 당사자도 뭣도 아닌 내 목소리는 완전히 뒤집어졌다.

심호흡하며 다시 같은 말을 반복했다.

"헤어지면 안 돼. 가와사키도 그건—"

"노조미가 부탁했어. 헤어져달라고."

다구치가 내 말을 막으며 말했다.

"노조미, 이번 모의고사 성적이 최악이었대. 판정도 안 좋아서 이대로는 떨어질 거란 소리 들었다고."

"그래도 그건 너 때문이 아니잖아. 너희가 헤어져야 할 이유는 아니지."

두 사람은 연애와 공부를 둘 다 잘해내고 있다. 가와사키는 자기 언니처럼 사랑에 눈이 멀어 공부를 놓아버리진 않았을 것이다.

"응, 알아. 나도 노조미도."

다구치가 고개를 끄덕이며 씁쓸하게 웃었다.

"지망 학교에 떨어졌을 때 나를 이유로 삼고 싶진 않다고 하더라."

다구치는 거기서 잠깐 말을 끊고, 목소리 톤을 높였다.

"자기가 할 수 있는 한 최선을 다해 공부했는데 떨어지면 어쩔 수 없지. 근데 그때 나랑 사귀어서 떨어졌다고 후회하고 싶지 않다고. 노조미네 언니, 입시에 실패하고 남자친구 때문이라고 난리였대. 남자친구만 없었으면 합격했을 거라면서."

공부 안 한 건 본인인데 남한테 책임 미루면 안 되지.

가와사키는 순해 보이지만 의외로 철저하고 현실적이다. 나는 언니랑 달라. 그렇게 믿었기에 다구치와 사귀었을 것이다. 다구치와의 연애가 자신을 정진시킨다고 믿었으니까. 하지만 생각 이상으로 다구치를 좋아하게 됐다. 그리고 입시가 다가오면서 실패할 가능성을 고려하기 시작했고…… 두려워졌다. 실패의 원인을 좋아하는 다구치에게서 찾게 되면 어쩌지.

"혼자 열심히 노력해서 입시에 성공하겠대. 그다음에 다시 나한테 고백할 테니 기다려달라더라. ……연약한 여자애처럼 보이는데 너무 멋있지 않냐? 그런 노조미한테 싫다고는 말 못 하지."

다구치가 나직한 목소리로 말하고 가만히 웃었다.

"……그래도 나는 너희가 헤어지지 않길 바랐어."

당사자들이 합의했는데 제삼자인 내가 이러쿵저러쿵 말할 권리는 없다.

알고 있지만 그래도 나는 그렇게 생각했다.

"고마워, 쇼타."

쓸쓸하게 웃는 다구치를 알알한 마음으로 지켜봤다.

리나,

동경하는
12월,

기대하는
1월

"아이참, 쇼짱. 기운 내."

사귀고 처음 맞는 크리스마스. 커다란 크리스마스트리가 장식된 벽돌 건물의 세련된 레스토랑 앞에서 나는 쇼타를 다독이느라 바빴다.

"리나, 화났지?"

"나 진짜 괜찮아. 아, 저기 카페 있으니까 일단 들어가자. 응?"

넋이 나간 쇼짱의 손을 잡고 레스토랑에서 몇 건물 지나 있는 오래된 카페에 들어가 핫코코아를 두 잔 주문했다.

아침부터 분 단위 일정으로 돌아다니느라 지쳤다. 예전에는 이 정도쯤 아무렇지 않았는데, 병이 진행되어서 그럴까. 최근 들어 금방금방 지쳤다.

등받이에 기대 한숨 돌리고 카페 안을 빙 둘러봤다. 새빨간 벨루어 소파와 떡갈나무 테이블, 경쾌한 크리스마스캐럴. 편하게 앉을 수만 있다면 어디든 좋아 대충 골라 들어왔는데 근사한 복고풍 카페였다. 코코아를 가지고 온 할머니를 보고 나도 모르게 예전에 아르바이트하던 카페가 생각나 그리워졌다.

"미안해, 리나. 이렇게 중요한 날 실수를······. 24일이랑 25일을 착각하다니, 진짜 멍청하다."

코코아를 조금씩 마시며 쇼짱이 꺼져 들어가는 목소리로 사과했다.

쇼짱이 낙담한 이유는, 계획했던 레스토랑에 들어가지 못했기 때문. 예약할 때 날짜를 착각했는지 입구에서 거절당했다.

"사과 안 해도 된다니까."

고작 그런 일로 화를 낼 리 없다. 나는 가난뱅이다. 계획을 세워준 쇼짱에게 미안해서 말하지 않았지만 솔직히 비싼 레스토랑보다는 저렴한 패스트푸드가 감사했다.

"이거, 선물."

시무룩한 분위기가 계속되는 게 싫어 일부러 밝은 목소리로 말했다. 모스그린 컬러의 포장지로 싼 물건을 내밀자 쇼짱이 드디어 표정을 풀었다.

"고마워. 풀어봐도 돼?"

쇼짱이 허락을 구하고 포장지를 마구잡이로 풀어 헤쳤다. 안에 든 하늘색 머플러에 얼굴을 파묻고 다시 한 번 "고마워" 하더니, 허둥지둥 가방에서 작은 상자를 꺼내 내게 쓱 내밀었다.

"고마워. 나도 열어 봐도 돼?"

고개를 끄덕이는 쇼짱에게 환하게 웃어 보이고 천천히 상자를 열었다.

상자 안에 든 건 귀걸이였다.

"터키석이라는 보석인데 필승을 기원하는 부적이기도 하대. 리나, 전에 진주 귀걸이가 한쪽만 있다고 했잖아? 그거 대신이야. 별로 비싼 건 아니지만 이게 더 리나답고 잘 어울릴 것 같아."

쇼짱이 어물어물 작은 목소리로 말하고 나를 힐끔 살폈다.

"너무 예쁘다."

나는 머리카락을 살짝 들어 초록빛 아른거리는 파랗고 작은 보석을 귓불에 살며시 가져다 댔다.

"어울려?"

"잘 어울려."

눈이 마주쳐 같이 웃고 나자 침묵이 찾아들었다.

카페에 막 들어왔을 때처럼 무거운 침묵이 아니라 언제까지나 계속되길 바라게 되는 기분 좋은 고요함. 그 침묵을 깬 건 쇼짱의 진지한 목소리였다.

"있잖아, 리나. 미안해."

"나 정말로 괜찮은데?"

"아니."

쇼짱이 힘주어 말하고는 묘한 표정으로 말을 이었다.

"나, 리나한테 사과할 일이 또 있어. ······문화제 때, 리나가 아닌 다른 여자애랑 키스했어. 하려고 한 건 아닌데, 그래도 한 건 사실이니까······ 정말 미안해."

고개를 푹 숙인 쇼짱을 바라보며 괜찮다고 말하려 했는데, 그의 말은 아직 끝나지 않았다.

"근데, 리나는 화내겠지만······ 그 애하고 앞으로도 친구로 지내고 싶어. 나랑 그 애, 진짜 사이좋거든. 고백은 거절했는데 그렇다고 친구 관계까지 끊기는 어려워서······. 내 고집인 건 알지만, 그러면 안 될까?"

혼나기를 기다리는 강아지처럼 풀 죽은 쇼짱은 역시 예전에 키웠던 파피용을 닮았다. 왠지 재미있어서 입가가 부드럽게 풀어졌다.

"괜찮아."

"어?"

눈을 크게 뜬 쇼짱을 바라보며 나는 다시금 "괜찮아" 하고 천천히 반복했다.

"네가 사과했으니 나도 사과해야겠다. 나······ 봤어, 쇼짱이랑 그 애가 키스하는 모습. 그래도 괜찮아. 나는 남녀 사이 우정을 긍정하고, 질투도 안 나니까."

밝게 웃으며 설명하는 나를 쇼짱은 멍한 얼굴로 한참이나 쳐다봤다.

"질투 안 나? 전혀?"

쇼짱이 어리벙벙한 표정으로 물었다.

"응, 괜찮아. 전혀, 아무렇지도 않아."

이로써 쇼짱도 죄책감 안 느끼고 그 애랑 친구로 지낼 수 있겠지? 뿌듯해 하는 나를 멍하니 바라보던 쇼짱이 억양 없이 중얼거렸다.

"그건…… 리나, 나를……."

쇼짱은 일단 말을 멈췄다 차분하게 말을 이었다.

"나를 안 좋아해서 그런 거 아니야?"

무슨 소리를 들었는지 이해하지 못해 입을 다물었는데, 쇼짱은 그걸 긍정의 대답으로 받아들인 모양이었다.

"사실은 예전부터 그렇게 생각했어."

쇼짱이 눈썹을 팔자가 되도록 늘어뜨리고 힘없이 중얼거렸다.

"뭐?"

"리나는 늘 당당하고 내가 아무리 한심해도 불평 하나 없이 어른스럽게 대해줬잖아. 약한 모습도 안 보이고 고집도 안 부리고. 언제나 여유 넘치는 태도라 리나 진짜 마음이 어떤지 모르겠더라."

그건 쇼짱의 이상형인 지아키를 연기했기 때문인데…… 쇼짱이 나를 좋아해 주길 바라서였는데.

"그건 내가 믿음직스럽지 못해 그런 거니 어쩔 수 없지. 그래서 리나가 의지할 수 있는 남자가 되려고 나름 노력했어. 착실한 모습 보여주고 싶어서 데이트도 매번 정성껏 준비했고. 오늘은 실패했지만."

쇼짱의 목소리가 떨렸다.

하아. 숨을 길게 내쉬고 쇼짱이 말을 이었다.

"나한테 고백했다는 그 애, 리나랑 같이 있는 날 보고 자기감
정을 처음으로 깨달았대. 옆에 있는 여자가 자기면 좋겠다고 질
투하다 날 좋아한다는 걸 알게 됐다고. 정말로 좋아한다면 질투
쯤은……."

차마 할 말이 없었다.

쇼짱의 말을 나 역시 이해했기 때문이다.

나는 자기중심적이라 가족이나 친한 친구가 다른 사람과 가
깝게 지내는 모습을 봐도 시기할 정도로 질투심이 강하다. 그래
서 질투하지 않는 나 자신에 놀라 그렇게 고민했던 것이다. 쇼짱
을 좋아한다면, 질투를 안 할 리 없다고.

그래서 나는 있을 수 없는 나를 받아들이려고 '성장했다'고 이
유를 가져다 붙였다.

내가 쇼짱을 좋아하지 않는다고 생각하긴 싫었으니까.

그 봄날, 대화 한 번 나눈 적 없는 쇼짱을 보고 심장이 뛰었던
그 마음을 나는 사랑이라 믿고 단 한 번도 의심하지 않았다. 만
약 사랑이 아니라면 어찌해야 할지 몰랐으니까. 내게는 침착하
게 상대를 고를 시간도, 결과가 보이지 않는 연애를 할 여유도
없었다.

그런데 지금 깨달았다.

나는 나 자신을 위해 쇼짱을 이용한 걸지도 몰라.

일단 그런 생각이 들자 머릿속에서 지워지지 않았다.

그렇다면 전부 앞뒤가 맞는다.

쇼짱을 위한 거라고 믿고 했던 내 행동은 전부 나 자신을 위한 행동이었다.

너무 추하다. 너무 끔찍하다.

그게 바로 나였다.

침묵이 한참이나 감돌았다.

"미안, 오늘은 이만 일어날게."

쇼짱이 급하게 일어났다.

"아, 이거, 필요 없을지도 모르겠지만."

쇼짱은 종이봉투에서 꺼낸 꽃 한 송이를 테이블에 놓고 급하게 카페를 나섰다.

줄기에 새하얀 리본이 달린 분홍 스토크였다.

쇼짱이 가버린 뒤, 나는 학교 동관 비상계단의 층계참으로 향했다. 새하얀 눈송이가 하늘하늘 흩날리는 가로등 적은 밤길을 터덜터덜 걸었다.

요즘은 그곳을 찾는 일도 많이 줄었다. 이유는 단순하게 추워서. 넘치는 기력이 장점인 나지만 한겨울에 밖에서 버티는 건 역시 힘들다.

그래도 남동생들이 크리스마스를 즐기고 있을 집으로 가긴 싫어 혼자 있을 수 있는 유일한 장소를 선택했다.

마침내 도착한 층계참은 상상 이상으로 추웠다. 콘크리트에 둘러싸인 덕분에 다행히 바람이 휘몰아치진 않았지만, 그래도 몸이 꽁꽁 얼어버릴 것 같았다.

바닥에 앉았더니 얼음장처럼 차가워 나도 모르게 "으악!" 하고 비명을 질렀다. 굴러다니는 신문지를 깔고 그 위에 무릎을 안고 앉았다. 바짝 붙인 무릎에 얼굴을 가까이 대자 입김이 닿는 곳은 따뜻해져 그 상태로 몸을 녹였다.

너무나 비참했다.

예전에 나는 이곳에서 최고의 청춘을 보내겠다고 맹세했다. 맹세한 대로 친구가 생겼고, 쇼짱과 만나 연인 사이가 됐다.

그러나 친구는 곁에 없고, 쇼짱한테도 아마 이대로 차이겠지.

이게 무슨 근사한 청춘이야!

근사하기는커녕, 최악이잖아.

나는 계속 독선적인 생각으로 다정한 쇼짱을 슬프게 했다. 나는 구제 불능, 최악이다. 주인공이 최악이어서는 아무리 노력해도 근사한 이야기를 만들 수 없다. 그래, 내게는 친구도 연인도 없는 최악의 청춘이 어울린다.

자조적으로 웃던 중에 내 청춘 소설에는 과분한 아이가 불현듯 떠올랐다.

"……미사토."

내 소중한 절친 미사토는 근사한 청춘 소설에 어울리는 멋진 아이이다.

일단 얼굴을 떠올리자 목소리가 듣고 싶어 미칠 것 같았다.

미사토는 요즘 아르바이트를 시작해 매일 바쁘게 지내는 듯했다. 놀란 내가 "입시가 코앞인데?" 하고 묻자 "집안일 돕는 거라 괜찮아" 하고 웃으며 대답했다.

미사토를 방해할 마음은 추호도 없었다. "메리 크리스마스!" 밝게 인사하는 내게 "왜 그렇게 들떴어?" 하고 황당한 듯 한마디만 해준다면…… 봄바람처럼 다정한 그 목소리를 듣기만 하자.

추워서 곱은 손으로 휴대폰을 꺼내 미사토의 번호를 눌렀다.

세 번 울려도 안 받으면 끊어야지.

그렇게 생각하고 휴대폰에서 귀를 떼려는 그때.

"리나."

미사토의 따뜻하고 다정한 목소리가 내 이름을 불렀다.

입을 열려다 깜짝 놀랐다.

말라서 버썩버썩해진 입술에 미지근한 것이 와 닿았기 때문이다. 추워서 콧물이 나온 줄 알았는데, 아니었다. 손가락으로 더듬어 올라가니 그건 눈꼬리에서 흘러내린…… 눈물이었다.

"무슨 일 있어?"

내가 말이 없어 걱정된 듯 미사토가 초조한 목소리로 물었다.

나는 심호흡하고 울음 섞인 소리가 나지 않게 어떻게든 목소리를 가다듬었다.

"미사토, 메리 크리스마스!"

내가 생각해도 명랑한 목소리라 안심했다.

미사토는 내 이상함을 알아차리지 못하고 평소처럼 대화를 나눠줄 것이다.

반쯤 질렸다는 듯한 웃음소리가 들리기를 기다렸는데.

"……무슨 일 있어?"

미사토가 조금 전보다 심각한 목소리로 조금 전과 똑같은 질문을 했다.

"오늘 쇼짱이랑 데이트한다고 했잖아. 무슨 일 있었지? 괜찮아?"

"괜찮……."

다른 때도 아니고 오늘 같은 날 미사토에게 기대면 안 된다.

제멋대로 구는 것에도 정도가 있다.

그런데 내 입에서 멋대로 말이 흘러나왔다.

"……지 않아."

말과 함께 눈물이 왈칵 흘렀고, 콧물까지 같이 쏟아져 얼굴이 엉망진창으로 젖어들었다. 전화를 걸어놓고 울어버리다니, 미사토가 얼마나 당황스러울까.

"내가 쇼짱을 슬프게 했어. 혼자 엉망진창으로 자책하려고 했는데 막상 혼자가 되니까 미사토 목소리가 듣고 싶더라."

여전히 눈물이 흘렀지만 입술을 올려 웃는 표정을 지었다. 말하다 보니 조금은 후련해져 미소 지을 여유가 생겼다.

"……알았어."

알았다니? 내 말을 이해해 줘서 기뻤지만 대답으로는 이상했다. 입을 다문 나를 아랑곳하지 않고 미사토가 담담하게 말했다.

"지금 갈게."

"어?"

"혼자라고 하는 거 보니, 비상계단 층계참? 아무튼 지금 갈게."

미사토는 우격다짐으로 단호하게 말하고, 내 대답도 듣지 않고 전화를 뚝 끊었다. 전화에서 흘러나오는 쌀쌀맞은 전자음을 듣는 동안 신기하게도 눈물이 멈췄다. 눈물이 흘러내린 자리만 에듯이 차가웠다.

"리나!"

도착한 미사토를 보고 눈을 크게 떴다.

언제나 온화한 표정에 차분한 태도를 유지하던 미사토가 여유라고는 한 조각도 찾을 수 없이 달아오른 얼굴로 헉헉 어깨를 들썩이며 숨을 몰아쉬었다. 이렇게 추운데 땀을 뻘뻘 흘린 데다 흠뻑 젖은 더플코트 옷자락엔 어째서인지 낙엽이 붙어 있었다.

미사토는 놀란 나를 보고 무안한지 머뭇머뭇 소리를 낮춰 중얼거렸다.

"오랜만에 자전거 타니 땀이 나더라고."

전엔 자전거로는 절대 학교 못 온다더니, 왜……?

내 마음을 읽었는지 미사토가 변명하듯 설명했다.

"눈 때문에 전철이 지연돼서. 다시 운행될 때까지 기다릴 여유도 없고 해서."

아무리 그래도 체력 없는 미사토가 이 추운 날 일부러 자전거를 타고 와주다니.

"……고마워."

내가 속삭이자 미사토가 '크흠!' 헛기침을 한 번 하고 말했다.

"뭐, 대단한 일도 아닌데."

"대단한 일이야."

내가 웃자, 미사토도 미소를 지으며 내 옆에 책상다리하고 앉았다.

미사토가 주머니에서 핫코코아 캔을 꺼내 내 손에 쥐여주었다. 손바닥의 온기가 단숨에 마음으로 전해져 침착하게 오늘 일을 다시 떠올릴 수 있었다.

"쇼짱이 내가 자기를 안 좋아하는 것 같다고 하더라. 근데 부정하질 못했어. 어쩌면 사실일지도 모른다, 그런 생각이 들어서……. 그럼 나는 지금까지 내 만족 때문에 쇼짱을 이용한 최악의 여자인 거지. 쇼짱은 나한테 그렇게 다정했는데."

그렇게 말하며 쇼짱이 테이블 위에 두고 간 분홍 스토크를 가방에서 꺼냈다.

"그거, 전에 약속했다고 했던?"

"응. 근데 그걸 이렇게 받게 될 줄이야."

쓰게 웃자 미사토가 무슨 뜻이냐는 듯이 나를 보았다.

"말 안 했나? 봄에는 빨간 튤립. 여름에는 도라지꽃, 가을에는 빨간 장미, 겨울에는 분홍 스토크. 이 꽃들을 고른 이유가 있어. 쇼짱은 나를 지아키 같은 여자라고 오해하잖아? 그래서 좋아한다는 말을 듣고 싶어도 해달라고 조를 수가 없었어. 지아키라면 그런 말 절대 안 할 테니……. 그래서 좋아한다는 말을 듣는 기분이 들게 꽃말이 '너를 좋아해'인 꽃들로만 골랐어."

즉 이것도 자기만족.

"그랬구나" 하고 맞장구를 쳐주는 미사토의 옆얼굴을 바라보며 나는 말했다.

"간신히 미사토를 따라잡았다 생각했는데 착각이었나 봐."

"……어?"

눈이 커진 미사토를 보며 설명했다.

"나 말이야, 언제나 나 먼저 생각하는 내가 싫었어. 미사토처럼 자기보다 남을 우선시하는 다정한 사람이 되고 싶었거든. 미사토랑 같이 있으면 나도 달라질 수 있겠다, 그렇게 기대했지. 쇼짱이랑 다른 애가 키스하는 걸 봐도 질투를 안 느꼈을 땐 드디어 쇼짱을 우선시할 수 있게 됐다는 생각에 기뻤어."

나는 "그런데 아니었지……" 하고 덧붙이며 자조적으로 웃었다.

"미사토랑 친해져도 나는 변한 게 없네."

지금까지 몇 번이나 나 자신의 행복을 버리지 못하는 한심한 내 모습에 실망했고, 그때마다 달라지겠다고 의욕을 불어넣었다.

하지만 오늘, 드디어 깨달았다.

나는 달라질 수 없다.

부모님처럼, 미사토처럼 다정한 사람이 될 수 없다.

"무슨 소리야? 리나가 훨씬 다정한데."

미사토가 내 눈을 뚫어지게 바라봤다.

그 맑은 눈동자를 마주 볼 수가 없어 가만히 시선을 피했다.

"그럴 리 없잖아. 나는 형편없는 애야. 미사토가 제일 잘 알걸? 처음부터 줄곧 제멋대로였어. 나한테 흥미도 없는 널 붙들고 억지로 친구로 삼고선 이것저것 해달라고 조르고, 오늘도 네 크리스마스를 망치고……."

말로 하고 보니 내가 생각해도 질릴 정도로 나는 나 자신을 우선시했다.

"미안해" 하고 사과를 덧붙이자 미사토가 "있잖아……" 하고 나직하게 입을 열었다.

"상대방, 그것도 솔직한 말로 아무래도 좋은 타인을 위해서 자신을 희생하는 거, 그건 다정함도 뭣도 아니야. 자기가 행복해지지 못하는 데 대한 변명을 만들기 위한 단순한 도피지. 자기 자신에게서 도망치는 짓이고, 자신을 소중히 여겨주는 사람들에게서 도망치는 짓이기도 해."

미사토는 정말 다정한걸.

그렇게 말하고 싶었는데 미사토의 심각한 표정에 압도되어 아무 말도 나오지 않았다.

"너처럼 자기 행복을 제일 먼저 생각하면서 다른 사람도 위하는 게 진짜 다정한 거야. 리나는 정말 다정해."

내가 다정하다고?

나만 아는, 이렇게 못난 내가?

미사토의 큼지막한 연갈색 눈동자 속에 당황해 어쩔 줄 모르는 내 얼굴이 비쳤다.

"……근데 너는 나한테도 다정하잖아."

미사토 눈동자 속의 내가 주저하며 입을 열었다.

"너한테 나는 아무래도 좋은 타인이 아니잖아? 친구인 나를 위해서, 이렇게 눈 내리는 밤에 평소에는 타지도 않는 자전거를 타고 학교까지 와줬잖아. 그건 미사토가 다정하기 때문이야."

"그건……."

나는 뭔가 말하려는 미사토를 가로막고 말을 이었다.

"있잖아, 내가 미사토처럼 다른 사람을 위해 나를 희생하는 사람이 되고 싶은 건 우리 부모님을 닮고 싶어서야. 아빠도 엄마도 나랑 남동생들을 위해서 희생하셨거든."

자신의 목숨을 희생해서까지 나를 구해준 아빠.

몸이 가루가 되도록 매일 열심히 일하는 엄마.

내가 가장 사랑하는 우리 가족.

나는 존경하는 우리 부모님 이야기를 미사토에게 들려주었다.

"다른 사람을 위해 자신을 희생할 수 있는 건 상대방을 생각하는 마음이 자기 자신을 생각하는 마음과 싸워 이긴다는 뜻이잖아? 나는 그런 사람을 다정한 사람이라고 생각해. 그러니까 미사토는 다정해."

미사토라면 이해해 줄 것이다.

그렇게 생각했기에 부모님에 대해서도 이야기했다.

미사토가 이런 내 마음을 부정한다면 나는 근본부터 흔들리고 만다.

그 정도로 애절한 마음으로 한 말이었는데—

"아니야."

미사토는 천천히 고개를 저었다.

미안해 하는 눈빛으로 나를 보면서도 확신에 찬 말투로 말을 이었다.

"리나 부모님은 리나를 위해 희생하신 게 아니야."

뭐라고? 미사토의 말을 이해할 수 없었다.

미사토를 뚫어지게 바라본 뒤에, 나는 크게 한숨을 내쉬며 물었다.

"……그럼 뭐였는데?"

그러자 미사토가 놀라운 말을 했다.

"리나 부모님이 리나를 구한 건 당신들을 위해서야. 그러니까 리나 가족은 서로 닮았어."

우리 가족이 서로 닮았다고?

이기적이고 제멋대로인 나와 다정해도 너무 다정한 우리 부모님이, 닮았다고?

나는 숨 쉬는 것조차 잊고 그저 미사토를 바라보았다. 잠깐 침묵한 뒤에 크게 한숨을 내쉬며 속삭였다.

"지금 한 말, 무슨 소리야?"

"나야말로 무슨 소리냐고 묻고 싶다. 리나, 왜 그런 생각을 했어? 부모님이 '리나를 위해서 희생했단다', 그러셨어?"

"그럴 리 없잖아."

부모님이 생색내시는 말씀을 들은 적 없지만 생각해 보면 알 일이다.

그런데 미사토는 진지하게 나를 설득했다.

"그렇지? 리나 아버지는 리나가 소중해서 리나를 구하셨어. 어머니도 리나랑 남동생들이 소중해서 매일 일하시는 거고."

"그게 왜 부모님들 자신을 위한 게 돼?"

이해가 안 됐다.

내가 묻자 미사토가 자신만만하게 단언했다.

"맞아, 자신을 위한 거야."

미사토는 잠깐 숨을 고르더니 조곤조곤 타이르듯 차분하게 덧붙였다.

"부모님들은 리나가 행복해야 당신들이 행복하니까, 그래서 리나가 행복해지길 바라시는 거야. 리나 네가 행복하지 않으면 자신이 행복해질 수 없다고 생각할 정도로 리나가 소중하니까."

아무 말도 할 수 없었다.

부모님이 나를 소중히 여기신다는 건 알았다. 하지만 훌륭한 부모님이 나처럼 자기 자신을 위해 행동하시는 분들이라고는 생각해 본 적 없다.

"확실해. 요즘 들어서 그 마음을 조금은 알 것 같거든."

한참이나 망연자실해 있다가, 나를 바라보는 미사토를 보며 조심스럽게 물었다.

"……미사토도 알겠다고?"

"응. 오늘만 해도 리나가 혼자 우는 게 싫어서 오랜만에 자전거 탈 마음이 들었잖아."

농담처럼 말하더니 미사토가 갑자기 울먹이는 듯한 표정으로 웃었다.

"그러니까 리나, 네가 끔찍하다고 말하지 말아줘."

미사토가 애원하는 목소리로 말했다.

"리나 네가 그런 말을 하면 너를 우상으로 삼고 너처럼 되고 싶어 하는 사람은 어쩌면 좋니?"

나는 어깨를 움츠린 미사토를 빤히 쳐다봤다.

"……그런 이상한 사람이 있을까?"

나는 더듬더듬 물었다.

미사토는 나를 가만히 바라보며 싱긋 웃었다.

"여기 있는데요."

그렇게 말하면서 자기를 가리켜 보이는 미사토.

"미사토가…… 나를? 왜?"

나 같은 애보다 미사토가 훨씬, 훨씬 더 멋진데.

억지로 목소리를 짜내자 미사토가 더욱더 환하게 웃었다.

"얘기하려면 긴데…… 괜찮겠어?"

고개를 끄덕이는 나를 확인하고 미사토가 느릿느릿 이야기를 시작했다.

"나는 쌍둥이였어."

과거형으로 말했다. 그렇다면…….

"아, 죽은 건 아니야. 그냥 그 사람은 이젠 가족이 아니라."

"그건 왜?"

"리나도 만난 적 있는 우리 어머니, 그러니까 지금 부모님이 나를 입양하셨거든. 나, 진짜 부모님한테서 팔 년 전에 버림받았어."

버림받았다고?

미사토는 대수롭지 않다는 듯 말했지만 나는 그 말을 선뜻 받아들이지 못했다.

가을에 만났던 미사토 어머니의, 미사토와 닮지 않은 새까만 눈동자가 생각났다.

넋이 나간 나를 온화한 표정으로 바라보며 미사토가 말을 이었다.

"쌍둥이지만 이란성이라 하나도 안 닮았어. 걔는 아주 뛰어난 애였거든. 공부도 잘하고, 운동도 잘하고, 붙임성도 좋고. 이제 와서 생각해 봐도 완벽한 애였어. 그래서 부모님도 걔만 좋아하신 거겠지. 부모님께 받은 애정 비율은 백 대 영."

미사토의 말투는 어린아이에게 그림책을 읽어줄 때처럼 차분했다.

"어려서는 사랑받으려고 발버둥 친 적도 있어. 곧 불가능하단 걸 깨닫고 노력도 안 하게 됐지만. 아무리 노력해도 무의미하고 괴롭기만 했거든. 무슨 짓을 해도 아버지도 어머니도 나를 안 봐준다는 걸 깨달은 거야. 그런 부모님께 칭찬받는 방법은 딱 하나. 쌍둥이인 그 아이에게 헌신하기."

미사토는 잠깐 말을 멈추고 힘없이 웃었다.

"그래서, 전에도 말했던 것 같지만, 남한테 헌신하는 게 습관이 됐어. 상대가 행복하기를 바라는 다정한 마음 같은 건 전혀 가져본 적 없어. 그러다 초등학교 4학년 때 지금 부모님인 이모 부부에게 입양됐어. 자식이 없기도 했고 딱한 친척의 사정을 보고만 있기가 어려우셨을 거야. 지금 부모님은 정말 좋은 분들이시고 나를 굉장히 사랑해 주셔. 근데 난 여전히 남한테 헌신하는 습관을 못 버렸어."

미사토는 일단 입을 닫고 작게 한숨을 내쉬었다. 그러고는 손에 들고 있던 코코아를 꿀꺽꿀꺽 마신 뒤 계속 말했다.

"지금 부모님은 틈만 나면 '너 자신의 행복을 위해 노력해라' 그런 말씀을 하셔. 부모님께 감사해서 그 말씀대로 해야지 생각은 하는데, 역시 쉽지가 않네……. 노력하려고 해도 노력하는 법 자체를 까먹었거든."

미사토가 피식 웃고 나를 보았다.

"그래서 리나가 내 우상."

미사토의 부드러운 미소를 보고 나는 간신히 이해했다.

미사토는 내게 힘을 주려고 밝히기 싫었을 자신의 과거를 말해준 것이다. 내가 나 자신을 끔찍하다 생각하지 않게 하려고.

미사토는 자기보다 내가 더 다정하다고 말해주고 그 이유까지 설명해 주었지만, 내가 생각하기엔 미사토가 훨씬 다정한 사람이다. 그리고 난 다정한 미사토가 정말 좋다.

진심으로 좋아하는 미사토가 나를 우상이라고 말해줬다.

미사토의 커다란 눈동자에 비친 나를 바라보며 지금까지 미워했던 나 자신을 마침내 받아들일 수 있을 거란 예감이 들었다.

다른 사람의 행복보다 내 행복을 우선시하며 도저히 스스로를 희생하지 못했던 나.

오랜 세월 부정했던 나 자신을 이제야 드디어 긍정할 수 있게 됐다.

"노력할 수 있어."

나도 모르게 그런 말이 나왔다.

"미사토는 분명히 노력할 수 있어."

미사토는 열렬히 주장하는 나를 보며 빙긋 웃고는 물었다.

"리나가 다니던 초등학교에 열심히 했습니다상 있었어?"

열심히 했습니다상?

"몰라. 그게 뭐야?"

고개를 갸웃거리자 미사토가 그리운 듯 눈을 가늘게 떴다.

"1학년부터 3학년까지 초등학교 저학년 때, 한 학기에 다섯 명씩 뽑아서 '열심히 했습니다상'을 줬어. 뭘 하든 열심히 노력한 사람한테 주는 상. 매일 청소를 깨끗하게 했다거나, 외발자전거를 탈 줄 알게 됐다거나, 그런 것들. 상 받은 아이들에겐 마분지로 만든 작은 왕관을 줬거든. 대단한 선물도 아니고 그냥 놀이의 연장선이다 보니 평소에 튀지 않는 평범한 학생에게 상을 주기도 했는데…… 어느 날 갑자기 깨달았어. 삼 년간 단 한 번도 그 상을 못 받은 사람이 나뿐이라는 걸. 내가 그 정도로 노력을 못 하는 아이라는 게 정말로 부끄러웠어."

미사토가 자조적으로 말하며 힘없이 고개를 숙였다.

"……요즘 든 생각인데, 열심히 노력하는 건 좋든 나쁘든 집착이 있어야 해. 그러니 지금까지 그 무엇도 열심히 하지 못한 건 나한테도 남한테도 전혀 집착하지 않아서 그랬던 거야. 근데 지금은 리나한테도 나한테도 분명히 집착하고 있고, 그래서 노력할 수 있을 것 같아."

미사토는 번쩍 고개를 들고 나를 바라보며 환하게 웃었다.

"봐, 첫걸음으로 자전거도 잘 탔잖아."

"정말이네."

미사토에게 대답하듯 웃어주고 나는 사뭇 진지하게 말했다.

"미사토, 넌 앞으로 네 행복을 위해서 노력할 수 있어. 확실해."

계시를 전하는 예언자처럼 힘주어 말하고 가슴을 활짝 펴며 덧붙였다.

"내가 보증해!"

"왠지 신기하다. 아무 근거도 없는데 자신감이 막 생기네."

미사토는 그렇게 말하면서 만족스럽게 웃더니 문득 생각난 듯 말했다.

"그건 그렇고 리나, 쇼짱 말인데…… 한 번 더 잘 생각해 봐. 쇼짱을 좋아하는지 아닌지. 리나가 지아키처럼 행동한 건 다른 누구도 아닌 쇼짱을 위해서였으니 그것만큼은 제대로 말해줘야지. 헤어지기 싫으면 솔직히 말해. 뭐, 헤어지고 싶으면 지금 그대로도 괜찮지만."

미사토의 어중간한 미소가 왠지 재미있어 나는 작게 웃었다.

◆ ◆ ◆

해가 바뀌어 1월.

새해답게 고요한 공기를 가르며 자전거 페달을 밟았다. 목적지는 학교 근처 신사. 미사토와 새해맞이 참배를 하기로 했다.

가까운 자전거 보관소에 자전거를 세우고 신사로 향하는 길, 도리이*에 숨듯이 서 있는 미사토가 보였다. 심호흡을 하며 턱까지 차오른 숨을 정돈했다.

● 　신사나 절 입구에 있는 기둥 문.

"미사토!"

뒤에서 말을 걸자 미사토가 움찔하며 휙 돌아봤다.

"새해 복 많이 받아. 올해도 잘 부탁합니다."

활짝 웃으며 고개를 숙이자 미사토가 쑥스럽게 웃었다.

"나야말로 잘 부탁해."

그다지 유명한 신사도 아닌데 경내에는 길게 참배 행렬이 늘어서 있었다. 우리는 제일 끝에 가서 섰다.

"그나저나 쇼짱하고는 어떻게 됐어?"

미사토가 조용히 말을 꺼냈다. 무심한 말투였지만 걱정스러운 표정에서 계속 신경 써준 마음이 전해져 은근히 기뻤다.

"일단 화해는 했는데 제대로 얘기하는 건 입시 끝난 뒤에 하기로 했어. 내가 아직 감정 정리가 안 됐고…… 쇼짱도 이것저것 생각이 많은 것 같더라."

그날, 미사토와 헤어지고 집으로 돌아온 나는 곧바로 쇼짱에게 전화를 걸었다. 미안하지만 내 마음이 연애 감정인지 아닌지 아직 판단을 못 하겠다고, 한 번 더 직접 만나 대화하고 싶다고 하자 쇼짱은 입시가 끝난 뒤에 만나 얘기하자고 했다.

"나도 생각을 좀 정리하고 싶어서."

말은 그렇게 했지만 나를 배려해 준 거겠지.

"그래도 아마…… 헤어질 것 같아. 그 후로 많이 생각해 봤는데, 역시 쇼짱을 향한 마음은 연애 감정이 아니야."

그 여자애와 함께 있는 쇼짱을 상상해도 역시 나는 가슴이 아프지 않다. 그러니 사랑이 아니라고, 지금은 차분한 마음으로 그렇게 생각했다.

"그래?"

미사토가 짧게 대꾸하고 나를 지그시 보았다.

"왜?"

내가 묻자 미사토가 시선을 피하고 앞쪽을 가리켰다.

"아, 다음이다. 얼른 참배하자."

"으…… 응."

배전 앞에서 손뼉을 짝 치고 잠깐 망설이다 새전함에 오백 엔 동전을 던졌다. 작년까지 모아둔 저금으로 생활하는 처지에선 크게 분발한 거였다. 신께서 이 마음을 알아주시면 좋겠는데.

곁눈질해 옆을 보니, 미사토가 가만히 눈을 감고 열심히 기도를 올리고 있었다. 아름다운 옆모습을 감탄하며 바라보는데, 미사토가 갑자기 눈을 번쩍 뜨곤 내 쪽을 보며 부끄러운 듯 웃었다.

길흉 제비를 뽑고 부적을 사러 사무소로 향했다. 진열된 색색의 부적 중에서 하나를 손에 쥐었다.

"……건강 부적?"

미사토가 의아한 듯 나를 쳐다봤다.

"의외다. 당연히 합격 기원 부적 살 줄 알았는데. 아, 할 수 있는 건 다 했으니 이제 남은 건 건강관리뿐, 이건가? 그것도 리나답지만. 엇…… 왜 그래?"

즐겁게 말하던 미사토가 내 얼굴을 보고 눈을 동그랗게 떴다.

내가 그 정도로 심각한 표정을 지었던 모양이다.

"아, 괜찮아."

나는 얼른 미소를 짓고 손에 쥐고 있던 새빨간 건강 부적을 계산했다. "고맙습니다" 하고 웃어주는 귀여운 무녀에게 고맙다고 인사하고, 의아하게 나를 살피는 미사토에게 조심스럽게 말을 꺼냈다.

"음…… 하고 싶은 얘기 있다고 했잖아."

어제 "참배하는 김에 하고 싶은 얘기가 있는데" 하고 미사토에게 말해뒀다.

"쇼짱 얘기 아니었어?"

"응, 그게……. 아, 저기서 얘기하자."

나는 신사 맞은편에 있는 작은 전통 디저트 가게를 가리켰다.

오늘 여기 온 진짜 목적은 연말연시에 내가 내린 결정을 신이 아니라 미사토에게 알리기 위해서였다. 크리스마스 날, 내가 보는 풍경을 확연히 바꿔준 미사토에게 꼭 말하고 싶었다.

안내받은 자리가 창 옆이라 깨끗이 닦인 커다란 유리 너머로 반짝반짝 빛나는 수면이 보였다. 이 동네에서 막 살기 시작했을 때는 생활권 내에 바다가 있는 환경이 신선했다. 바닷바람 때문에 널어놓은 마른빨래가 끈적거려 놀랐고, 슈퍼에서 해산물을 싸게 팔아 놀랐고, 바다로 떨어지는 저녁 해가 아름다워 놀랐다.

여기로 오길 잘했다.

엄마는 도쿄에서 살 때보다 집에 있는 시간이 늘었고, 유야는 해산물을 듬뿍 넣은 요리가 입맛에 맞는 모양이었다. 다쓰야는 학교에서 요트 동아리에 들어가 열심히 활동하고 있고, 신야는 휴일에 유유자적 낚시하는 취미가 생겼다. 이 동네에 와서 처음 바다를 본 마사야는 지금도 매일같이 모래사장에 놀러 간다.

우리 가족은 이 동네에 완벽하게 적응했다.

그러니까 잘한 일이다.

설령 여기 오게 된 계기가 내 병 때문이더라도.

그런 생각을 하며 한동안 창밖을 무심하게 내다봤다.

주문한 단팥죽을 묵묵히 먹고 녹차까지 한 모금 마신 뒤에도 좀처럼 말을 꺼낼 용기가 안 났는데—

"리나, 생일이 2월이었지?"

미사토가 불쑥 내게 물었다.

"응."

고개를 끄덕이자 미사토는 창밖을 바라보며 넌지시 말했다.

"나랑 같이 보낼래? 축하해 주고 싶어."

"……아, 어, 응. 근데 내 생일, 올해는 없는데?"

나는 어색하게 웃으며 둘러댔다.

내 생일은 2월 29일. 사 년에 한 번 돌아오니 거짓말은 아니지만, 미사토의 제안을 받아들이지 않은 건 생일쯤에 중요한 예정이 잡혀 있기 때문이었다.

"그건 알아. 전날이나 다음 날도 좋아."

"······응, 근데······."

웬일로 평소답지 않게 유난히 매달리는 미사토. 나는 각오를 다졌다.

"2월 28일에 수술받고 며칠간 입원할 거야. 그래서 생일 축하는 못 해. 대신 29일 있는 내년에 축하해 주면 좋겠다."

숨도 안 쉬고 말한 뒤에 활짝 웃어 보였다.

"건강 부적도 그거 때문이었어? ······아니, 그보다 괜찮아? 어디가 아픈 거야?"

미사토는 안색이 싹 달라져 잠깐 침묵하더니, 이내 빠르게 물었다.

"보석병."

"보석, 병?"

미사토는 눈을 휘둥그레 뜨고 내 말을 똑같이 반복했다.

"응. 보석병. 이름쯤은 들어본 적 있지?"

보석병은 희귀 질환으로 유명하다. 자세히는 모르더라도 심장에 보석이 생겨 죽는 대강의 증상은 많이들 알고 있었다. 미사토도 당연히 알고 있을 터였다.

"알고는 있는데······ 아무리 봐도 리나는 활발하고 건강한데?"

미사토는 얼어붙은 표정으로 중얼거리고는 거칠어진 목소리로 내게 물었다.

"거짓말이지?"

"진짜야."

고개를 끄덕이며 말하자 미사토는 당황했는지 몸을 뒤로 물렀고, 그 바람에 테이블 위에 있던 젓가락이 바닥에 떨어졌다. 딸그락 소리가 울렸지만 미사토는 그걸 깨닫지도 못한 채 나를 뚫어지게 응시했다.

"병 얘기, 비밀로 해서 미안해."

넋 나간 표정의 미사토를 보며 나는 고개를 깊이 숙였다.

"사과할 일은…… 아니지만……" 미사토는 더듬더듬 대답하고, "괜찮은 거야?" 하며 매달리듯 나를 바라봤다.

"응, 일단은."

나는 힘차게 고개를 끄덕였다. 그리고 덧붙였다.

"미사토 덕분이야. 보석병의 유일한 치료법은 수술해서 종양을 제거하는 거라는데…… 지금까지 나는 수술 안 받을 생각이었어. 일찍 죽으려고 했거든. 우리 집은 가난하다, 그러니까 보석을 만들어서 가족을 행복하게 해줘야 한다, 그렇게 생각했어. 그런데 가끔은 어떻게든 살고 싶다고 바라게 되더라. 그런 나를 한심하고 추악하고 부끄러운 인간이라고 생각했고, 어떻게 해서든 나 자신을 희생할 줄 아는 사람이 되어야 한다고 생각했어."

단숨에 말하고 잠깐 숨을 돌린 뒤, 미사토를 똑바로 응시했다.

"그런데 크리스마스 날, 미사토가 이런 나를 괜찮다고 해줬어. 다정하다고, 아빠랑 엄마를 닮았다고, 우상이라고 말해줬어. 덕분에 나는 행복해지고 싶다고 바라는 나를, 살고 싶다고 바라는 나를 드디어 받아들일 수 있게 됐어."

나는 미사토 덕분에 스스로의 행복을 우선시하는 나 자신을 긍정할 수 있게 됐다.

다른 사람을 위해 희생하지 못하는 나는 구제할 수 없는 최악의 인간이 아니라 자연스러운 인간이고, 그런 나 자신을 인정하고 받아들이는 것이 나를 소중히 여기는 사람을 위한 최고의 보은이라는 사실을 알게 됐다.

"그래서, 나 수술 받고 조금이라도 오래 살고 싶어."

이 말은 오쿠무라 가족의 어려운 경제 사정이 한동안 이어진다는 뜻이 된다.

하지만 나는, 우리 가족이 그래도 내가 살아 있기를 바란다는 걸 안다.

올해 내 포부는 '사는 것'. 1월 1일에 가족 앞에서 선언했는데 (새해 첫날 아침 일찍 가족들 앞에서 한 해의 포부를 선언하는 게 오쿠무라 가족의 전통이다), 가족들 모두 뜬금없이 무슨 소리냐고 어리둥절한 표정을 지었다. "돈을 마련해 주지 못 해 미안해" 하고 사과하자, 다들 깜짝 놀라더니 타이밍을 맞춘 듯 일제히 입을 열었다.

"돈 걱정은 안 해도 된다고 얘기했지 않니?" 허리에 손을 대고 화가 나 얼굴을 찌푸린 엄마, "혹시 마음이 약해진 거야?" 하고 걱정스럽게 나를 살피는 유야, "누나 목숨하고 돈을 비교하면 돈 따위 당연히 필요 없지" 하며 킬킬 웃는 다쓰야, "나는 집에서 부업하니 괜찮아" 하고 차를 홀짝이며 진지하게 말하는 신야. 그리고 의미는 몰라도 내가 뭔가 걱정한다는 것만은 느꼈는지 "괜찮아" 하고 웃어주는 마사야.

어떻게 해볼 수 있는 슬픔이라면 슬퍼할 시간에 노력한다.

내 좌우명은 곧 오쿠무라 가족 전원의 좌우명이다.

가난은 노력으로 어떻게든 할 수 있다고 가족 모두 믿고 있다.

왜 지금까지 그걸 깨닫지 못했을까?

예전의 나는 돈이 있으면 가족이 행복해진다고 믿어 의심치 않았지만, 내가 죽으면 우리 가족은 어떻게 해볼 수 없는 슬픔을 짊어지게 된다.

어떻게 해볼 수 없는 슬픔은 그저, 그저 슬퍼할 수밖에 없다.

그러니까 나는 조금이라도 오래 살아야 한다.

"수술을 받을지 말지 4월까지 결정해야 한대. 물방울의 크기를 고려하면 4월까지는 괜찮을 거라고. 그래서 입시 끝나고 바로 수술받을 생각이야."

미사토는 놀란 표정으로 한참 나를 바라봤지만 곧 조용히 고개를 끄덕였다. 그러더니 갑자기 벌떡 일어섰다.

"신사 사무소에 다시 가자."

미사토가 내 손을 잡아끌었다.

"어? 왜?"

"건강 부적 종류별로 다 살 거야."

"뭐? 됐어. 아까 하나 샀잖아."

"그럼 딱 하나라도 더. 새해 선물로 주고 싶어."

"……고마워."

"아니, 배전 앞에서라도 말해줬으면 좋았을 텐데. 그럼 그따위 한심한 소원 말고 네 건강을 소원으로 빌었을 텐데."

"한심한 소원?"

"네 건강하고 비교하면 한심하기 짝이 없다."

미사토는 내 손을 잡아끌며 성큼성큼 걸었다. 사무소에서 제일 큰 건강 부적을 사고 심각한 표정으로 내게 건넸다. 그러고는 "고마워" 하고 건네받는 내게 시선을 주지 않고 지갑을 청바지 주머니에 찔러 넣었다.

"있잖아 리나, 약속하는 거다?"

미사토가 다짐을 받아내듯 말했다.

"약속?"

"내년엔 생일 당일에 제대로 축하하게 해줘. 나랑 약속해."

그 말은 곧…… 내년까지 살아 있으라는 뜻이다.

"알았어. 약속할게. 꼭 축하해 줘."

나는 살 거다.

내년에도, 내후년에도 끈질기게 살아남을 거다.

새끼손가락을 걸고 약속 노래*를 선창하자 미사토가 쑥스러운지 시선을 피하면서도 같이 손가락을 걸고 흔들어줬다.

● 우리나라에서 약속할 때 새끼손가락을 건 뒤 도장 찍는 시늉을 하듯 일본에서는 새끼손가락을 마주 걸고 흔들면서 '거짓말이면 손가락 자르고 만 대 맞기, 바늘 천 개 먹기' 하고 노래한다.

쇼타,

회심의
2월

M 대학 시험 당일, 눈이 내렸다.

"길 얼었으니까, 그…… 홀러덩하면 안 된다."

어머니가 심각한 표정으로 배웅해 주었다. '미끄러지다'라는 단어를 안 쓰려는 거겠지만 표정이랑 단어가 안 어울려 조금 웃겼다. 혹시 웃겨서 긴장을 풀어주려는 시도? 소리 내어 웃자 뱉어낸 숨이 금방 하얗게 변하며 공기 속에 녹아들었다.

어머니의 충고를 새기며 느릿느릿 역을 향해 걸었다.

신칸센으로 한 시간쯤 걸리는 지방 도시의 특설 시험장으로 가야 했다. 신칸센은 예약해 됐는데 신칸센 역까지 가는 전철이 지연되면 안 되니 일찌감치 만나자고, 아침에 가시와기가 연락을 줬다.

"안녕."

말해준 차량에 타자, 가시와기가 방긋 웃으며 손을 흔들었다.

"안녕."

가시와기 옆에 앉아 목도리에 얼굴을 파묻었다. 밖보다는 나았지만 여전히 추웠다.

문득 가방을 뒤지는데 넣은 기억이 없는 물통이 있었다. 뚜껑을 열자 달콤한 냄새가 났다.

내가 좋아하는 다디단 코코아. 어머니가 넣어주셨을 거다.

살펴보니 물통 외에도 초콜릿이 몇 개 들어 있었다.

가시와기에게 하나 주자 고맙다고 인사하며 받았다.

"답례. 나는 핫팩이 있더라."

가시와기가 뜨끈뜨끈한 핫팩 하나를 내 손에 쥐여주었다.

"신경 써서 챙겨주신 건데 내가 받으면 미안하지."

"괜찮아. 그게 네 개나 들어 있더라고. 어떻게 다 써."

가시와기가 마술사처럼 주머니에서 핫팩을 차례차례 꺼내더니 허탈하게 웃었다.

"집에서 나오는데 엄마가 '만에 하나 떨어지더라도 괜찮아' 그러더라."

가시와기는 입술을 불쑥 내밀고 어린애 같은 표정을 짓더니 뿌연 유리창에 댄 손가락을 움직였다.

"직구네. 우리 어머니는 최대한 입시 얘기를 안 꺼내려고 하시던데."

입시 당일인데 얘기를 일절 안 하면 오히려 위화감이 든다. 지나치게 명랑한 음색도 유난히 부자연스러웠다.

"성격이 드러나지."

가시와기가 키득키득 웃었다.

"그래도 그런 말 들으니 꼭 붙어야겠다 싶더라."

"그러게. 어제 우리 집 저녁 메뉴는 돈가스덮밥*이었어."

"우리 집도 돈가스. 야식으로 킷캣**까지."

따끈따끈한 핫팩을 쥐고 달콤한 초콜릿을 먹으며 우리는 마주 보고 웃었다.

시험장 근처 역은 교복 입은 수험생들로 가득했다. 역에서 찾아가는 길을 머릿속에 똑똑히 입력해 뒀고 인쇄한 약도도 가져왔지만 필요 없었다. 길게 이어진 행렬을 따라가면 알아서 도착할 터.

나란히 걷는 가시와기는 굳은 표정이었다. 마지막 모의고사의 결과는 A 판정, 합격을 보장받은 셈인 가시와기도 긴장되는 걸까. 말없이 인파에 휩쓸린 채 걸음을 옮겨 시험장에 도착했다.

시험장에서는 수험표 번호에 따라 교실로 가게 되어 가시와기와는 헤어졌다. 교실 안에 가득 놓인 책상에 수험생들이 불안한 표정으로 앉아 있었다. 작년 합격률은 삼십 퍼센트 미만. 즉

● 일본어로 '가쓰동'. '가쓰(勝つ)'가 '이기다'라는 뜻이라 중요한 시험 등에서 좋은 결과를 얻는다는 미신이 있다.
●● 일본어 발음은 '깃토캇토'로 '반드시 이기다'와 발음이 비슷하다.

이 방에 있는 학생들 중 칠십 퍼센트는 떨어진다는 뜻. 어느 누구 할 것 없이 똑똑해 보여 내가 제일 멍청할 것 같았다. 떨어지면 어쩌나. 생각만 해도 등줄기가 오싹했다.

가방에서 코코아를 꺼내 꿀꺽꿀꺽 마셨다. 아직 따뜻한 코코아가 식도를 지나 온몸을 서서히 덥혀주었다. 크게 숨을 내쉬고, 볼록 튀어나온 윗옷 주머니를 살짝 어루만졌다. 리나가 준 부적이 들어 있었다.

시험은 눈 깜짝할 사이에 끝났고, 나와 가시와기는 약간의 기대와 불안 그리고 벅찬 해방감을 가슴에 품고 잰걸음으로 시험장에서 벗어났다. 주변의 다른 수험생들도 비슷한 심정이었으리라. 출구에 사람이 한꺼번에 몰려 혼잡했는데, 모두 속 시원해 보이는 표정인 것이 인상적이었다.

시험장에 들어갔을 때는 영원하게 느껴졌던 하루가 드디어 끝났다고 생각하니 기분이 묘했다. 이 하루를 위해 지금까지 얼마나 많이 고민했던가. 다구치, 가시와기, 가와사키와 책상에 둘러앉아 끝없이 기출 문제를 풀던 것, 졸음을 쫓으려고 커피를 벌컥벌컥 들이켜던 것, 시험 결과를 보고 일희일비하던 것, 전부 옛날 일들처럼 느껴졌다.

예약한 신칸센에 가시와기와 함께 올라 방심한 채 앉아 있었더니 금방 사는 동네 가까이 도착했다. 보통열차로 갈아타고 집 근처 역에 거의 다 왔을 때였다.

"드디어 끝났다. 뒤풀이할래?"

계속 말이 없던 가시와기가 생각났다는 듯 불쑥 말했다.

"……아니."

가시와기한테는 미안했지만 그럴 기분이 아니었다.

"하긴, 피곤하지."

가시와기는 말과는 달리 아쉽다는 표정으로 중얼거리더니, "있잖아, 쇼타" 하고 긴장한 목소리로 말을 걸어왔다.

"응, 뭐?"

곧 시모세에 도착합니다.

느릿느릿한 안내 방송이 들려 가방을 손에 들고 전철에서 내릴 준비를 했다.

"둘 다 붙으면…… 나랑 사귀지 않을래?"

가시와기가 나를 똑바로 쳐다보며 물었다.

"나 여자친구 있잖아."

가시와기는 좋은 녀석이고 얼굴도 귀엽다.

그래도 지금 내 여자친구는 리나고, 나는 리나를 좋아한다.

"쇼타, 여자친구 없잖아."

가시와기가 그렇게 말하고 눈물 그렁그렁한 눈으로 나를 바라봤다.

문화제 날, 단둘이 학교 안마당에 있을 때도 그랬다. 가시와기는 지금과 똑같은 표정으로 똑같은 말을 했다.

"나, 알고⋯⋯."

"있어."

가시와기의 말이 끝나기를 기다리지 않고 단호하게 말했다.

"내 여자친구, 오쿠무라 리나란 애야."

시모세, 시모세⋯⋯ 안내 방송과 함께 문이 푸슛 소리를 내며 열렸다.

가시와기는 뭔가 하고 싶은 말이 있는 얼굴이었지만 나는 신경 쓰지 않고 일어났다.

"그럼 나중에 보자."

나는 그 말만 남기고 밖으로 나왔다. 개찰구로 향하는 인파 틈에서 벗어나자마자 자리에 주저앉았다. 숨을 내쉬고 물통의 내용물을 단숨에 들이켰다. 조금 남았던 코코아는 이미 차갑게 식어 있었다.

◆ ◆ ◆

열흘 후, M 대학에서 통지서가 도착했다.

아침부터 도무지 진정이 안 돼 배달 오는 시간에 맞춰 현관에서 기다리다 낯익은 우편집배원 분께 봉투를 받았다. 곧장 내 방으로 뛰어가 크게 심호흡했다.

자박자박 슬리퍼 소리가 들리더니 내 방 앞에서 멈췄다. 어머니도 기다리고 있었다.

　나도 모르게 힘이 들어갔나 보다. 봉투 끝에 주름이 잡혔다. 방 어딘가 있을 가위를 찾을 시간이 아까워 풀로 봉인된 부분을 난폭하게 뜯었다. 손이 가늘게 떨려 마음대로 움직이질 않아 답답한 마음에 결국 모서리를 찢어 안에 든 것을 억지로 꺼냈다. 카드 한 장과 클립으로 철한 몇 장의 서류. 크게 심호흡하고 직사각형 카드를 손에 들었다. 카드 한가운데에 쓰인 글씨는─

《합격》

두 글자와 함께 벚꽃이 그려져 있었다.

"했다……."
나도 모르게 말을 흘리며 주먹을 움켜쥐었다.
"어머니, 합격했어요."
문밖의 어머니에게 말하며 활기차게 문을 열었다.
"쇼타, 축하해!"
나를 꼭 끌어안은 어머니의 팔이 떨렸다.
"고생했어. 정말 열심히 해줬어."
어머니의 떨리는 목소리를 들으며 가만히 고개를 끄덕였다.
나는 노력했다. 나도 그렇게 생각했다.
이 합격은 운 좋게 하늘에서 떨어진 것이 아니라 내가 노력해서 거머쥔 거였다.

일 년간 정말 열심히 했다.

전부 리나 덕분이다.

"리나……."

내가 가만히 중얼거리자 어머니가 놀란 표정을 지었다.

"그렇지. 리나한테도 보고해야지."

어머니가 얼른 눈물을 닦으며 말했다.

합격 통지를 받은 그날 곧장 리나에게 갈지 말지 잠깐 망설였지만 주말에 가기로 했다. 토요일이 리나 생일이라 둘이 같이 보내기로 전부터 약속했다.

내 합격은 리나를 위한 것이기도 하니까, 생일선물 중 하나로 합격 소식을 전할 생각이었다.

그리고 토요일.

"리나, 나 합격했어. 지금까지 응원해 줘서 고마워."

나는 리나 앞에 서서 활짝 웃었다.

내가 노력할 수 있었던 건 리나 덕분이었다.

"이제 같이 캠퍼스 걸을 수 있어."

이제 리나의 꿈이 이루어진다.

동경하는 대학에서 연인과 캠퍼스 데이트 하는 꿈.

그러나 아무리 불러도 리나는 대답이 없었다.

"그리고 생일 축하해."

사 온 꽃다발의 연분홍 꽃잎이 살랑살랑 흔들렸다.

물씬 피어난, 행복의 상징처럼 달콤한 향기.

리나에게 약속한 대로 꽃을 잔뜩 사 왔다.

잔뜩, 잔뜩 사서 큼지막한 꽃다발을 만들었다.

그런데…….

"약속, 했잖아."

이런 말을 해도 소용없다는 건 알지만—

"올해야말로 당일에 축하하기로."

그래도 입을 다물 수가 없었다.

"왜……?"

올해는 사 년에 한 번 있는 윤년이다.

"도대체 왜……?"

무릎을 꿇자 콘크리트 지면이 얼음장처럼 차가웠다.

때 묻은 콘크리트에 뚝뚝 진한 얼룩이 생기는 것을 보며 나는 내가 울고 있다는 것을 깨달았다.

"리나…… 왜 죽어버렸어?"

리나.

리나.

눈앞의 네모난 비석 아래 잠들어 있는 리나.

두 번 다시 대답해 주지 않을 리나.

작년 3월, 리나는 숨을 거뒀다.

리나의 수술은 실패했다.

리나는 살아남겠다고 결심하자마자 살아남을 수 없는 잔혹한 현실을 직면했다.

그래서 리나는, 이제 이곳에 없다.

◆ ◆ ◆

장례식 때, 관에 누워 있는 리나에게 내가 선물한 귀걸이를 달아줬다.

리나의 작은 귓불에 마침맞게 어울리는 그 보석은 리나의 의연한 모습을 더욱 돋보이게 해줬다.

"역시 잘 어울려."

내가 속삭이자 옆에 선 리나 어머니가 울면서 말씀하셨다.

"쇼타, 고맙다."

장례식을 마치고, 두 개였다는 물방울 중 하나를 리나 어머니에게 건네받았다.

"받아주지 않겠니?"

하얀 천에 싸인 보석을 본 순간, 나는 당연히 "받을 수 없습니다" 하고 거절했다.

리나의 유품이라도 값비싼 보석이다. 무엇보다 리나는 가족이 보석을 팔아 생계를 꾸려가기를 바랐다. 내가 어떻게 그걸 받겠

는가. 그런데 리나 어머니는 하도 울어서 벌겋게 부은 눈으로 부드럽게 웃으며 말씀하셨다.

"이걸 본 순간, 너한테 주는 게 최선이라는 생각이 들었어. 이 보석은 쇼타와 함께 있고 싶다고 바라고 있거든……. 보면 알 거야. 리나는 팔아달라고 했지만 도저히 그럴 수가 없구나. 왜냐하면 이거, 아무리 봐도 리나인걸."

억지로 내 손바닥에 올리고 꼭 쥐여주시기까지 해서 더는 거절할 수 없었다.

집에 돌아와 천을 펼치자 리나 어머니가 했던 말의 의미를 금방 이해할 수 있었다.

아무리 봐도 리나인걸.

리나의 물방울은 리나가 그대로 담긴 듯한 보석이었다. 각도에 따라 노란색으로도 주황색으로도 보이는 그 보석은 눈부실 정도로 빛을 내뿜었다.

그 물방울을 만난 지 얼마 안 되어 리나가 선물해 준 부적 주머니에 넣어 어디에 가든 늘 지니고 다녔다.

리나는 보석이 되어 계속 내 곁에 있어줬다.

지저분해진 부적 주머니를 어루만지며 나는 가슴에 새겼다.

나는 여전히 리나의 연인이다.

리나와 한 약속을 지키고 리나의 꿈을 이룰 것.

M 대학에 합격해 리나와 함께 캠퍼스를 걸을 것.

그게 나의 새로운 목표가 됐다.

이루어야 할 무언가, 기댈 무언가가 없으면 스스로를 지탱할 수 없는 나의 연약함을 리나는 알고 있었다.

M 대학에 입학해 부적 주머니에 든 리나와 함께 캠퍼스를 걷는다.

그때를 목표로 삼고 무조건 노력하는 수밖에 없다.

리나, 나 합격했어.

리나 꿈, 이뤄줄 수 있어.

근데 그다음엔, 그다음엔 대체 뭘 하면 좋니?

리나,

다시 일어서는
3월,

"수술이 실패했습니다. 안타깝지만 더는 손 쓸 방도가 없습니다."

수술 다음 날, 오카모토 선생님이 말했다.

그 말을 들었을 때는 잠깐이지만 농담인 줄 알았다.

일 년간 가면을 뒤집어쓴 듯 무표정한 얼굴을 한 번도 무너뜨리지 않았던 오카모토 선생님이 농담 따위 할 리 없다는 걸 알면서도, 난 그렇게 생각하고 싶었다.

왜냐하면 이제 막 살아남겠다고 결심했기 때문에.

계속 죽기를 바랐던 내게 수술을 받는다는 건 곧 산다는 것을 뜻했다. 수술해도 완치되지 않는 건 알지만 죽음을 연장할 수 있으니까. 그래서 말도 안 되는 이유들을 갖다 붙이며 수술을 미뤄 얼른 죽으려고 한 거였다. 수술이 실패할 수 있다, 수술을 해도 죽음을 미루지 못할 수 있다, 그런 건 생각조차 안 해봤다.

"적출 예정이었던 종양은 예상했던 크기였습니다. 그런데 그 뒤에 심실 사이막과 완전히 유착한 종양이 하나 더 숨어 있었습니다. 한 번에 종양이 두 개나 생기는 경우는 매우 드물어서 사전에 예측하기가 어려웠습니다. 아마도 첫 검사 단계에서 이미 적출 불가능한 상태였을 거라 생각됩니다."

담담히 설명하는 오카모토 선생님은 평소와 태도가 똑같았는데, 말을 마칠 때는 미처 억누르지 못한 듯 "죄송합니다" 하고 조용히 말했다. 설명은 전혀 머리에 들어오지 않았지만 그 쉬어버린 목소리만큼은 귓속에 오랫동안 남았다.

죄송합니다, 죄송합니다, 죄송합니다.

복도에서는 슬리퍼 소리만 들려왔다. 고요한 실내에서 선생님의 그 말을 몇 번이나 머릿속으로 곱씹다 문득 생각했다. 나, 죽는 건가.

슬픔이나 서러움은 느껴지지 않는, 스크린 너머의 다른 세계를 바라보는 것 같은 신비로운 감각.

"……나, 죽는 거야?"

그러나 내 목소리는 떨렸다.

슬리퍼 소리는 멀어지고 그 대신 옆에 앉은 엄마의 섧게 우는 소리가 들려왔다. 흑, 흑흑, 엄마가 우는데도 나는 손수건을 건네거나 위로의 말 한마디 건네지 못하고 그저 멍하니 허공만 바라봤다.

선생님이 내게서 슬쩍 시선을 돌리며 말했다.

"비대해진 종양이 심장 기능을 악화시킬 테니 길어도 반년일 겁니다. 종양이 박리되면 동맥폐쇄의 위험도⋯⋯ 극단적으로 말하면 내일 무슨 일이 생겨도 이상하지 않습니다."

여전히 평정을 유지하며 말하는 선생님.

언제나 냉정해서 눈동자를 가만히 들여다봐도 감정 한 조각 보이지 않던 선생님이었지만, 지금은 그 눈빛에 이루 말할 수 없는 슬픔이 깃들어 있었다.

슬픔으로 가늘어진 그 눈동자를 본 순간, 등줄기에 오싹 소름이 돋았다.

나는 죽는다.

죽는다.

갑자기 현실감을 띤 그 사실이 나를 공포로 몰아넣었다.

고작 몇 개월 전만 해도 나는 내 죽음을 긍정적인 마음으로 바라봤다. 가족을 구하려면 죽는 수밖에 없다, 사명감까지 느꼈던 나는 죽는 것보다 죽기 싫다고 생각하는 내가 두려웠다. 무정한 본성이 드러나기 전에 얼른 죽고 싶기까지 했다.

그런데 지금은 이렇게도 죽는 게 두렵다.

이렇게도 죽고 싶지 않다.

아무도 나쁘지 않은 것을 알면서도 갈 곳 없는 분노까지 치밀었다.

살고 싶어.

살고 싶어.

살고 싶어!

어떻게 해볼 수 있는 슬픔이라면 슬퍼할 시간에 노력해서 해결한다. 그게 내 좌우명이다. 아무리 괴로워도, 남에게 신세를 지더라도 내 힘으로 어떻게든 해볼 것이다. 하지만 이건, 내 죽음은…….

손 쓸 방도가 없습니다.

불가능하다.

아무리 노력해도 피할 수 없다.

어떻게든 살고 싶은데.

바라는 건 단지 그것뿐인데 이루어지지 않는다.

"왜……."

크게 비명을 지르고 싶었는데 입에서는 띄엄띄엄 가느다란 목소리가 흘러나왔다.

"왜요?"

두 번이나 물었지만 내 앞의 선생님도, 옆에 앉은 엄마도, 그 누구도 대답해 주지 않았다.

시간이 얼마나 흘렀을까.

눈꺼풀 안쪽에 차츰 뜨거운 기운이 차올라 '아, 이러다 울겠다' 싶었다.

그때, 타이밍을 맞춘 듯 엄마가 옆에서 내 몸을 와락 끌어안았다. 가늘어 뼈가 불거진 팔이 내 몸을 꽉 안자, 조금 퍼석퍼석한 엄마 피부가 내 뺨에 닿았다. 후드득 떨어지는 눈물의 온기를 느끼며 왠지 모르게 차분해진 머리로 다짐하듯 생각했다. 이 이상 엄마를 슬프게 하긴 싫다고.

◆ ◆ ◆

수술 상처가 나을 때까지 이 주 동안 입원했다.

넓진 않지만 깨끗한 일인실에 머물렀는데 참 좋았다. 텔레비전, 냉장고, 간이 샤워실까지 있어 편리했고, 침대 옆의 동쪽으로 난 창문으로 찬란하게 반짝이는 바다가 한눈에 내려다보였다.

매일 지내던 집, 창 너머로는 옆집 판자벽만 보이고, 남동생들, 엄마와 빽빽하게 붙어 자야 하는 좁은 우리 집에 비하면 천국이었다. 나만의 방에서 느긋하게 지내보기. 오랜 세월 바랐던 꿈이었다.

그런데 지금은 그 좁고 답답한 우리 집이 너무도 그리웠다.

집에 가고 싶다.

그저 집에 가고 싶다.

유야가 걱정해 주고 다쓰야가 놀리고 신야가 말꼬리 잡고 마사야가 애교 부려주면 좋겠다.

엄마 품에 안기고 싶다.

창 너머의 잔잔한 바다를 바라보며 가족들 얼굴을 떠올리고 있을 때였다.

"잘 잤니?"

벌컥 병실 문이 열리며 엄마가 들어왔다.

수술하고 사흘이 지났는데 엄마는 날마다 병실에 들렀다. 어떻게 시간을 내는지 아침 일찍 한 시간, 점심에 한 시간, 저녁부터 밤까지 계속 곁에 있어줬다. 저녁부터는 남동생들도 와서 왁자지껄했지만 아침과 낮에는 엄마와 단둘이 지금까지는 경험하지 못한 조용한 시간을 보냈다.

엄마는 수술 직후에는 동요했지만 다음 날부터는 차분하게, 평소처럼 밝고 건강한 엄마로 있어줬다(적어도 내 앞에서는).

정말로, 정말로 고마웠다.

시시하게 수다 떠는 동안에는 가까운 미래에 죽는다는 사실을 의식하지 않을 수 있으니까.

"맞다, 어젯밤에 리나 친구가 집에 왔어."

병실 전기포트로 물을 끓이며 엄마가 평온하게 말했다.

보글보글 소리가 나고 그윽한 커피 향이 퍼졌다.

엄마는 내가 좋아하는 설탕과 우유를 담뿍 넣은 카페오레를 만들어주려는 거였다.

"친구?"

"응. 미사토. 너랑 통화가 안 된다고 걱정하던데."

미사토한테는 수술 일정을 알려주었다. 사흘간 아마 수없이 전화를 걸었을 것이다.

엄마는 머그잔에 카페오레를 따라 테이블 위에 놓고 서랍에서 내 휴대폰을 꺼내 "여기" 하고 내 손에 올려줬다.

"엄마가 대신 전화해 줄까?"

"아니, 내가 할게."

고개를 저어 엄마의 제안을 거절하고, 나는 휴대폰 화면을 만졌다.

나흘 전부터 건드리지 않아 전원이 꺼진 휴대폰. 새까만 화면에 우중충한 내 얼굴이 비쳤다.

엄마가 가자마자 고민하지 않고 통화 버튼을 눌렀다. 가만히 귀에 갖다 대자 신호가 한 번 가고 그리운 목소리가 들려왔다.

"여……, 여보세요, 리나!"

미사토는 갈라진 목소리로 내 이름을 부르고 더듬더듬 말을 이었다.

"그…… 계속 전화해서 미안해. 꼭 통화하고 싶어서."

"전원을 계속 꺼뒀어."

입에서 나온 내 목소리가 생각 이상으로 숙연해 입술을 꾹 깨물고 일부러 밝은 목소리를 꺼냈다.

"미안미안. 외로웠어?"

"아, 응. 근데, 어…… 그건 괜찮은데, 저, 그……."

머뭇거리는 미사토가 뭘 묻고 싶은지는 알았다.

내 수술 결과.

심호흡을 하고, 누가 보는 것도 아닌데 환하게 미소를 지었다.

"실패했어."

미사토가 순간 숨죽인 것을 전화 너머에서도 알 수 있었다.

나는 귀가 아플 정도로 전화를 바싹 갖다 대고 속사포처럼 내뱉었다.

"아! 모처럼 살겠다고 마음먹었는데, 의미 없지 뭐야. 진짜 최악."

소리 내어 웃었지만 미사토는 아무런 말이 없었다.

빨리…… 빨리 이어서 할 말을 찾아야 해.

뭐든 말하지 않으면 정신이 나갈 것 같았다.

나는 머지않아 죽는다. 무슨 수를 써도 바뀌지 않는 절망적인 사실을 깊이 생각하지 않도록, 남 일처럼 가볍게 말해야 한다. 안 그러면 난 무너지고 만다.

수술이 실패하고 내가 죽는다는 사실을 이해하기까지 잠깐 사이에 차례차례 나타난 분노, 억울함, 절망감. 그런 부정적인 감정들은 내 마음을 엉망진창으로 찢어 발겼다. 조각난 마음들이 간신히 내 죽음을 받아들이고 슬픔으로 차올랐을 때, 내 눈물보다 엄마 눈물이 먼저 흘렀다. 흐르는 엄마 눈물을 받아내는 사이에 눈동자까지 차올랐던 내 눈물은 완전히 말라버렸다.

슬픔에 허덕이는 나는 마음 저 깊은 곳으로 물러나 버렸다.

그때 이후로 나는 단 한 번도 울지 않았다.

지금의 나는, 누굴까?

매일 아침, 잠에서 깰 때마다 그런 의문이 머릿속에 떠오른다.

병에 대해서도, 물방울에 대해서도, 내 죽음에 대해서도 가능하면 생각하지 않고, 엄마와 즐겁게 수다를 떨고, 남동생들과 장난을 치고, 병실에 있기는 하지만 평범하게 생활한다.

죽음을 기다리는 환자답지 않게 명랑하게, 평소와 다름없는 일상을 보내는 나를 마음 깊은 곳에 자리한 또 한 명의 내가 차분히 지켜본다. 감정은 크게 동요하는 일 없이 얕은 잠에라도 든 것처럼 언제나 멍하다.

"리나……."

미사토는 울고 있었다.

"리나, 리나!" 하고 훌쩍이며 내 이름을 반복해서 부른 다음 소리쳤다.

"지금 갈게! 병실 어디야?"

"……1408호."

뚝 전화가 끊긴 후, 와당탕 소리가 났다.

휴대폰이 바닥에 떨어졌다.

액정에 금이 간 게 보여도 아무 감정도 일지 않았다.

전에는 소중히 다뤘던 휴대폰. 하지만 이제는 주울 마음도 들지 않아 창밖의, 태양 빛을 받아 영롱하게 빛나는 바다만 무심히 바라봤다.

♦♦♦

"리나!"

미사토는 병실로 들어오자마자 나를 와락 끌어안았다.

깨지는 물건을 다루듯이, 내 등을 여러 차례 쓰다듬었다.

"미안……."

미사토는 떨리는 목소리로 속삭이고 내 몸을 천천히 놓아주었다. 겁에 질려 이리저리 흔들리는 미사토의 연갈색 눈동자를 바라보며 나는 배시시 웃어 보였다.

"나, 죽는대."

웃으면서 할 소리가 아니었지만 달리 어떤 표정을 지어야 할지 알 수가 없었다. 그래서 눈을 활처럼 가늘게 휘게 하고, 입술 끝을 올리고, 오른쪽 뺨에 보조개가 생기게 했다.

4월, 개학식 전에 열심히 연습했던 완벽한 미소.

"봄까지 못 살 수도 있대."

명랑한 목소리로 말하자 미사토의 표정이 점점 일그러졌다.

"……싫어."

미사토가 목에서 억지로 짜낸 듯한 작은 목소리로 말했다.

"그건 안 돼, 리나."

다시 목소리를 좀 더 키워 그렇게 말한 뒤에—

"왜 리나가 이런 일을 겪어야 하는 건데!"

미사토가 비명처럼 외쳤다.

자기 일로는 슬퍼하거나 한탄하거나 화를 낸 적 없는 미사토가 나를 대신해 슬퍼하고, 한탄하고, 화를 냈다.

처음 만났을 때와는 정반대다. 그때는 감정을 드러내지 않는 미사토가 대단해 보여서 존경했는데…… 지금은 내가 미사토 같았다.

집착이 없어서 노력도 못 했다고 털어놓았듯, 처음 만날 무렵의 미사토는 모든 걸 남 일처럼 느끼지 않았을까? 이제야 깨달았다. 지금의 나도 내게 닥친 이 불행이 내 일 같지 않았다.

수술이 실패한 걸 아는 주변 사람들은 내 앞에서 밝게 행동했다. 병원 직원들도, 친척들도, 남동생들도, 직후에는 혼란스러워했던 엄마도 다음 날부터 아주 밝은 태도를 보이며 병에 대한 얘기는 꺼내지도 않았다.

다정해서 그렇다는 건 안다. 다들 병에 대해 생각하기도 싫을 나를 배려해 병 따위 없었던 것처럼 행동해 주는 거다.

나는 그 다정함에 기대 손쓸 방도가 없는 병을 앓고 있다는 사실을 머릿속에서 지우려 했다.

현실에서 도망친 거다.

하지만 이젠 도망칠 수 없다.

죽음이라는 사실을 정면으로 받아들이고 감정 가는 대로 한탄하고 화내고 슬퍼하는 미사토를 봤으니까, 내가 곧 죽는다는 벗어날 수 없는 현실을 싫어도 실감할 수밖에 없었다.

나는 죽는다.

"리나, 리나! 이렇게 건강하니까 괜찮은 거지? 수술 결과가 어떻든 리나라면 나을 수 있어. 그러니까 살아줘. 리나, 부탁이니까……."

미사토는 눈물과 콧물로 범벅이 된 얼굴로 알아듣기 어려울 정도로 빠르게 말하더니 내게 바짝 다가와 어깨에 손을 짚었다.

잠옷 너머로 미사토의 따뜻한 손바닥이 느껴지니 자연스럽게 말이 나왔다.

"미사토, 처음으로 고집부려 줬네."

절친인 나의 죽음은 그 정도의 일인 거다.

그렇게 생각하자, 눈 안쪽이 화끈 뜨거워졌다.

멈출 수 없이 눈물이 솟구쳐 입안에서 짭조름한 맛이 번졌다.

입술을 꽉 깨물고 나를 바라보는 미사토. 그런 마사토를 끌어안고 목이 쉴 때까지 엉엉 울었다. 미사토도 나처럼 소리 내 울어서 누구 울음소리인지 알 수 없을 정도였다.

"고마워."

얼마나 시간이 지났을까. 마음껏 운 끝에 눈물이 멎자 입에서 자연스럽게 말이 흘러나왔다.

사실은 이렇게 울고 싶었다.

성에 찰 만큼 울부짖고, 슬픔에 잠기고, 왜 하필 나인지 신에게 삿대질하며 죽고 싶지 않다고 애원하고 싶었다.

미사토가 그렇게 해주지 않았다면 못 했을 일.

내 마음을 깨닫지 못하고 매일 멍하니 살다 죽을 뻔했다.

나는 죽는다.

이건 피할 수 없는 운명이다.

지금 비로소 그 사실을 인정했다.

슬프지만 이 사실을 받아들이지 않으면 난 앞으로 나아가지 못한다.

이제 드디어 앞을 바라볼 수 있다.

"……미안해, 리나가 더 힘든데 내가 이래서."

미사토가 부끄러운 듯 고개를 숙이고 중얼거렸다.

"아니야. 미사토 덕분에 내 좌우명이 생각났어."

나는 가슴을 펴고 대답했다.

"……좌우명?"

"응. 어떻게 해볼 수 없는 슬픔이라면 슬픔에 푹 잠겨 있어도 되지만 어떻게 해볼 수 있는 슬픔이라면 슬퍼할 시간에 노력한다. 그게 내 좌우명이니까."

그래, 내 죽음은 어떻게 해볼 수 없는 슬픔이니 그 사실로 슬퍼하는 것은 어쩔 수 없다.

하지만 나는 아직 살아 있다.

죽음이 찾아오기까지 길진 않아도 시간이 있다.

"나, 물방울을 빛내고 싶어. 그러기 위해 할 수 있는 일을 최선을 다해 해볼 거야."

나는 힘차게 고개를 끄덕이며 말했다.

"그건…… 가족을 위해서?"

미사토가 내 표정을 살폈다.

나는 가슴을 활짝 펴고 고개를 저었다.

"아니, 나를 위해서."

자신 있게 말할 수 있는 내가 자랑스러웠다.

"마지막까지 행복하게 살고 싶어. 그리고 내가 얼마나 행복했는지 모두가 알아줬으면 좋겠어. 아직 어린데 죽어버린 불쌍한 애라고 동정받긴 싫어. 훌륭한 가족과 절친 곁에서 어엿하게 살았던 행복한 여자애. 그렇게 기억되고 싶어."

예전에 본 다큐멘터리는 보석병을 앓는 불쌍한 남자의 이야기였다. 그는 병에 모든 것을 빼앗긴 안타까운 남자로, 그의 인생은 좋은 일도 많았을 텐데 모든 게 비극적으로 그려졌다.

그 다큐멘터리를 보면서 나도 그가 불쌍하다고 생각했다.

하지만 정말 그랬을까?

물론 그는 보석병 때문에 죽었다. 병에 걸리지 않았다면 즐거운 일을 더 많이 경험했을 거다.

하지만, 그의 인생이 불행했다고 한마디로 정리해 버리는 건 그 사람에게 실례다.

어린 시절의 꿈을 이루고 사랑하는 사람과 함께한 그는 분명 행복했을 테니까.

그 후에 죽음을 맞았더라도 그의 인생 중 한때가 벅차오르는 행복으로 가득했다는 것만큼은 부정할 수 없는 사실이니까.

그의 물방울에는 '바다의 물방울'이라는 이름이 붙었다. 마음이 차분해질 만큼 잔잔한 바다가 생각나는 부드러운 분위기의, 보는 사람에게 용기를 주는 보석이었다.

만약 그가 자기 인생을 불행하다 생각하며 죽었다면 그런 보석이 빚어졌을 리 없다.

그는 비록 보석병 때문에 죽었지만 자기 인생에 만족했다.

물론 죽고 싶지 않다고 바랐을 테고 아쉬움도 많았을 것이다.

그래도, 그렇다 해도 자기 자신이 아닌 다른 사람의 인생을 살고 싶어 하진 않았을 거다.

그는 자기 자신이라 다행이라 생각하면서 죽은 것이다.

나는 안다.

나도 그러니까.

사랑하는 가족과 절친이 나를 소중하게 여기고 노력하는 나를 인정해 준다.

이렇게 근사한 인생이 또 있겠어?

나는 최고로 행복한 인생을 사는 중이다.

지금 나는 자신 있게 말할 수 있다.

"보통 자기가 행복했는지 아닌지 자기 자신만 알잖아? 근데 내 안의 물방울은 내 행복을 빛으로 바꿔줘. 보석을 본 모두가 내가 세상에서 가장 행복한 여자애였다는 걸 알아줄 만한, 그런 물방울을 만들고 싶어."

환하게 웃으며 가슴을 펴자, 미사토의 눈동자에 빛이 되돌아왔다.

"아, 쇼짱이랑 헤어졌으니 누가 봐도 사랑에 빠졌다는 걸 알 만한 반짝반짝한 물방울은 무리겠다."

입시가 끝난 날 밤, 오랜만에 쇼짱과 만났다. 서로 마음을 솔직히 털어놓고 웃으며 헤어졌고, 미사토에게는 이미 보고했다.

미사토는 시선을 내리깔고 뭔가 생각하는 듯 한참 침묵하더니, 곧 마음을 정했는지 나를 똑바로 바라봤다.

"리나."

그렇게 내 이름을 부르고 천천히 말을 이었다.

"계속 좋아했어."

한 마디씩 곱씹듯이 말하는 미사토.

"아마 첫눈에 반했을 거야. 같이 있으면서 점점 더 좋아졌는데 쇼짱이랑 있는 리나가 행복해 보여서 말을 못 했어. 그래도, 쇼짱보다 내가 리나를 더 잘 알아. 그 애보다 리나를 더 좋아해. 꽃도 더 많이 선물하고, 여기저기로 데려가 줄게. 그리고 꼭……그 애보다 좋은 연인이 될게."

미사토는 힘주어 고백한 뒤, 깊이 숨을 내쉬고 차분하게 속삭였다.

"……그러니까, 내 연인이 되어줘."

잠시 후, 미사토는 입을 꼭 다물고 있는 나를 걱정하며 "리나?" 하고 내 이름을 불렀다.

그 소리에 정신을 차렸다.

"엥?"

나도 모르게 얼빠진 소리가 나왔다. 얼굴이 순식간에 뜨겁게 달아올랐다.

"엑!"

그다음에는 비명을 질렀다.

그 순간만큼은 정말로 내 병을 잊었다.

처음 만나 지금까지 계속 친구로 지내왔다.

미사토가 그런 감정은 전혀 표현 안 했으니까.

나를 그런 마음으로 좋아한다고는 단 한 번도 생각해 본 적 없었다.

"……진심이야?"

나는 남녀 사이 우정을 긍정한다. 남자애 같아서 예전부터 친구도 남자애가 더 많았는데 친구인 남자애랑 사랑이 싹튼 적은 단 한 번도 없었다.

게다가 미사토는 여자애처럼 예쁘고 어딘지 요염하고 나보다 체력도 달리는 중성적인 남자애.

여자애 이상으로 여성스러운 미사토가 여자애를 좋아하는 모습, 상상이 안 된다.

그런데 미사토가 나를…….

"좋아해. 정말, 아주 많이 좋아해."

미사토가 내게 조금 더 가까이 다가오며 진지한 눈빛으로 말했다.

"······아."

"리나의 연인이 돼서 마지막까지 함께하면서 행복하게 해주고 싶어. 그게 내 행복이니 그걸 위해서라면 무슨 일이든 열심히할 거야. 그러니 부탁할게."

미사토의 진심 어린 표정이 새삼 예쁘다고 생각했다.

창 너머로 들어온 빛이 미사토의 옆얼굴에 닿아 색소가 연한 머리카락이 금빛으로 반짝였다. 아롱아롱 빛나는 머리카락은 처음 만난 봄보다 많이 길어졌다. 혈관이 비칠 정도로 부자연스럽게 하얬던 피부는 아주 조금 탔고, 다정하지만 무관심하던 커다란 눈망울은 이제 강렬한 의지를 담을 줄 알았다.

미사토는 그때보다 훨씬 어른스러워졌다.

남자다워졌다.

"나랑 사귀자."

줄곧, 줄곧 곁에 있었다. 처음에는 나와 정반대인 미사토를 그저 동경했다. 같이 있으면 즐거워서 더 많이 알고 싶었다. 미사토가 있으면 다른 친구가 없어도 괜찮았다.

문화제 날, 쇼짱이 다른 여자애와 키스하는 모습을 봤을 때도 질투가 안 났다. 그런데 미사토가 마쓰무라와 둘이 문화제를 구경한다고 했을 때, 나는 분명 울컥했다.

어쩌면 나는 오래전부터 미사토를 좋아했는지도.

"······잘, 부탁합니다."

더듬더듬 말하며 나는 고개를 꾸벅 숙였다.

미사토를 좋아한다고 자각하자마자 숨 막힐 정도로 가슴이 조여왔다.

나, 도대체 뭘 한 거야.

그 순간, 온몸에서 힘이 빠졌다.

"괘, 괜찮아?"

"……괜찮아."

미사토가 나와 시선을 맞추었다.

"나야말로 잘 부탁해. 나, 열심히 할게. 진짜 멋진 남자친구가 될게."

"저, 저기……."

"응?"

"나도 멋진 여자친구가 될게. 너는 여자애처럼 귀여우니까 노력해야겠지만……. 정진해서 진짜 멋진 여자친구가 되고 말겠어."

"그거 칭찬 아니거든! ……그리고 난 지금 그대로의 리나가 좋아."

웃으며 말하는 미사토에게 나는 조심스럽게 물었다.

"그럴지도 모르지만…… 뭔가 원하는 거 없어?"

"없어. 옆에 있어주기만 해도 행복하니까."

미사토가 기분 좋게 말하더니 뭔가 생각난 듯 말했다.

"딱 하나 있다."

"뭔데?"

미사토가 환하게 웃었다.

"이름으로 불러줘. 예전부터 생각했어. 나는 리나를 이름으로 부르는데 리나는 성으로 부르는 거, 이상하잖아?"

"아, 응. 근데 나는 남자애를 이름으로 불러본 적이 없어서."

그건 왠지 부끄러웠다.

"하긴, 쇼짱도 그랬지. 걔 이름이 쇼지 아쓰시庄司敦였지?"

"아, 응."

쇼짱은 처음 봤을 때부터 '쇼짱'이었으니 다른 호칭은 생각도 못 했다.

"그럼 내가 처음인 거네? 진짜 기쁘다."

감동한 듯 말하는 미사토는 어떻게 봐도 남자애의 얼굴.

지금까지 왜 여자애 같다고 생각했는지 의문일 정도로 멋있는 남자애.

크게 심호흡을 하고, 그를 지그시 바라보며 천천히 이름을 불러보았다.

"쇼타翔太."

처음으로 이름을 부르자 상상 이상으로 감동적이라 갑자기 부끄러웠다.

고개를 휙 돌리자 쇼타가 기쁜 듯 웃으며 나를 포근하게 안아주었다.

조금 전에는 내가 했던 행동이었는데 이번에는 온몸에 열기가 확 올라 뺨이 화끈거렸다.

♦ ♦ ♦

'미사토랑 사귀기로 했어. 쇼짱이 말했던 대로네.'

쇼타가 돌아간 후, 문득 생각이 미쳐 쇼짱에게 문자를 보냈다.

헤어지기로 했을 때 쇼짱이 말했다.

"정말로 좋아한다면 질투쯤은 할 거다, 내가 말하고 깨달았어. 나, 리나가 남자랑 친하게 지내도 전혀 질투가 안 났어."

쇼타와 같이 있을 때 쇼짱과 마주친 적이 몇 번이나 있어서 쇼짱은 쇼타에 대해 알았다. 그래도 별로 신경 쓰는 것 같지 않았고, 나도 질투하지 않는 쇼짱을 의아하게 여기지 않았다.

"나, 늦었지만 그 애…… 유이코唯子한테 고백할 생각이야. 키스한 뒤부터 자꾸만 의식하게 되더라……. 유이코가 다른 남자랑 가깝게 지내면 막 화가 났어. 나, 유이코를 좋아하나 봐. 오랫동안 친구라 몰랐는데, 사실은 예전부터 사랑이었어."

새로운 사랑을 찾은 쇼짱을 나는 진심으로 축복해 주었다.

내 곁에서 떠나가는데 전혀 쓸쓸하지 않다는 건 역시 내가 쇼짱에게 품은 감정이 사랑이 아니라는 증거였다.

"쇼짱, 유이코랑 잘되면 좋겠다."

내가 웃자, 쇼짱은 천천히 고개를 끄덕이고 나를 지그시 바라봤다.

"리나랑 사랑할 사람, 분명히 가까이 있을 거야."

"나는…… 당분간 사랑은 됐어."

나는 쇼짱의 그 말을 헤어진 여자애를 위한 단순한 배려라고 생각했다. 아니면 바람. 자기만 행복해지기 미안하니 내게도 진정한 사랑이 찾아오길 바라는 거라고, 그렇게 생각했다.

"사실 나 지아키처럼 멋있는 여자 아니야. 쇼짱이 날 좋아해 주길 바라면서 지아키처럼 굴었는데 사실 덤벙거리고 거칠거든. 아마 내 본성을 아는 사람은 날 안 좋아할 거야."

"나는 지아키처럼 멋있는 척하는 리나보다 지금 리나 그대로가 좋아. 그렇게 생각해 주는 사람이 틀림없이 가까이에 있을 거야."

차분하면서도 단호하게 말한 쇼짱은 어쩌면 알고 있었을지도 모른다. 쇼짱의 유이코가 내게는 쇼타였다는 사실을.

"그걸 어떻게 알아? 전 남친이라서?"

내가 웃으며 묻자 쇼짱이 태연스럽게 말했다.

"나랑 리나는 꽤 비슷한 점이 있으니까. 사랑이라는 감정 자체를 사랑하는 거나, 다른 사람 앞에서 무리하는 거나……. 진짜로 좋아하는 사람한테는 둔감한 것도. 그러니까 우리, 연인은 안 되더라도 절친은 될 수 있을 거야."

히죽 웃는 쇼짱을 바라보며 묵묵히 고개를 끄덕였다.

절친.

우리는 원래 그래야 했는지도 모른다.

있는 그대로의 내가 좋다고 말해준 쇼짱에게 전부 털어놓고 싶었다.

아직은 무리겠지만, 언젠가 누군가를 또 사랑하게 된다면 절친 쇼짱에게 새롭게 사랑하게 된 상대를 소개하고 싶었다. 병에 대해서도 그때라면 말할 수 있을 것 같아 나는 웃으며 약속했다.

"응. 그게 훨씬 좋다. 누구하고 진짜 사랑에 빠지면 제일 먼저 너한테 얘기할게."

그때 나는 쇼타와 사귀게 될 줄은 상상도 못 했고, 내 병에 대해서도 좀 더 긍정적으로 말할 수 있을 줄 알았다.

인생은 예측할 수 없는 일이 많아 노력했지만 보상받지 못할 때도 있다. 쇼짱과의 사랑이 좋은 예다. 하지만 노력한 내게 신은 진정한 사랑과 멋진 절친을 선물했다.

'띠로롱' 하고 휴대폰이 메시지가 도착했다고 알렸다. 쇼짱이 답을 보낸 모양이었다.

'축하해! 내 그럴 줄 알았다니까.'

'미사토, 쇼짱한테 소개하고 싶어. 그때 같이 하고 싶은 얘기도 있는데…….'

내가 쇼짱과 사귈 때는 쇼짱을 만나기 싫어했던 쇼타, 지금은 만나주려나? 유이코도 같이, 커플로 봐도 좋겠다. 근데 갑자기 무거운 얘기 꺼내면 거북해 하려나? 분위기 어두워지면 미안한 데…… 병에 대해서는 미리 메시지로 말하는 게 좋을까…….

일단 내일 쇼타랑 상의해 봐야지.

나는 침대에 벌러덩 누워 사랑스러운 연인의 얼굴을 떠올렸다.

쇼타와 쇼짱, 나. 셋이 함께 달콤한 디저트를 먹는다는 오랜 바람이 이런 형태로 이루어지다니…… 정말로 인생이란 알 수가 없다.

◆ ◆ ◆

열심히 할게. 진짜 멋진 남자친구가 될 거야.

그 다짐대로 쇼타는 완벽한 연인이 되어주었다.

매일 병실에 찾아와 즐겁게 수다를 떨고 가끔은 달콤한 말도 속삭여줬다. 퇴원한 뒤에는 매일 집으로 왔고, 가족과도 사이가 좋아져 다 같이 저녁을 먹기도 했다. 집에서는 둘만 있지 못해 근처 공원을 산책하며 데이트하거나 조금 먼 번화가까지 나갔다 오거나 했다.

쇼짱과 사귀면서 불평하고 자랑하는 걸 하도 들어서일까? 쇼타는 내가 연인에게 원하는 모든 것을 완벽하게 파악한 듯했다.

그 점에 대해서는 면목이 없어 기분이 몹시 복잡했지만, 노력을 못 한다고 한탄하던 쇼타가 나를 위해 노력하는 모습을 보면 심장이 뭉클하게 따뜻해졌다.

내가 바로 쇼타가 열심히 하는 이유라는 사실이 한없이 기뻐서 가슴이 벅차올랐고, 그때마다 쇼타를 좋아한다는 걸 실감했다.

정말로 행복했다.

그런데 쇼타를 좋아하면 좋아할수록 내가 얼마나 질투심이 강한지 알게 되어 우울해지는 빈도도 늘었다. 내가 죽은 뒤 쇼타가 다른 여자와 사귀는 모습을 상상해 보곤 했다. 어쩔 수 없는 일이고 생각 안 하면 그만인 걸 알면서도 자기 전에 천장을 멍하니 올려다볼 때면 무의식적으로 상상이 됐다.

그래도 우울해질 것 같으면 이렇게 생각했다.

나는 쇼타에게 특별한 여자다.

처음 사귄 연인이라는 점에서도 그렇고, 무엇보다 나는 노력하지 못하는 쇼타의 콤플렉스를 해결해 준 여자니까.

쇼타는 달라졌다.

노력할 수 있는 남자가 됐다.

그 계기가 나여서 자랑스러웠고 그 자긍심이 있는 한 나는 괜찮았다.

그 생각이 뒤집힌 것은 쇼타의 집을 찾아갔을 때.

"오랜만에 인사드려요. 저…… 지금은 쇼타랑 사귀는 사이가 됐어요."

그날은 쇼타가 오라고 해서 집으로 놀러 갔다.

현관에서 반겨준 어머니에게 쇼타가 나를 연인이라고 소개해, 새빨개진 얼굴로 다시 자기소개를 했다. 쇼타 어머니는 이미 사정을 다 아시는 듯 무척 다정하게 대해주셨다.

"오늘은 뭐 좀 골라달라고 하려고 불렀어."

쇼타 방에서 잠깐 쉬고 있을 때였다. 쇼타는 뜬금없는 말을 꺼내며 작은 상자를 테이블에 올려놓았다.

"골라달라니, 뭐를?"

"진주."

내 물음에 답하며 쇼타가 상자 뚜껑을 달칵 열었다.

안에는 반질반질 빛나는 진주가 여러 개 들어 있었다.

"이 중 하나를 리나가 부적 삼은 귀걸이의 쌍으로 만들고 싶어. 그럼 주머니에 넣고 다니기만 하는 게 아니라 하고 다닐 수 있잖아. 리나가 제일 마음에 드는 걸로 골라줘."

쇼타가 내게 상자를 쑥 내밀었다.

그러니까, 이 중 하나를 나더러 고르라는 소리다.

"아니야, 어떻게 받아."

이미테이션이 아니라 진짜 진주잖아.

쇼타 집이 아무리 진주 양식을 한다지만 가벼운 마음으로 받을 수는 없다.

"괜찮다니까. 사실은…… 리나 생일에 선물할 생각이었어. 그러려고 아르바이트했거든. 조금은 깎아주시지만 제대로 살 거니까 걱정 안 해도 돼."

쇼타는 더 가까이 다가와 진지하게 말했다.

새해 참배 때, 같이 생일을 축하하고 싶다고 집요하게 졸랐던 쇼타가 떠올랐다. 그때는 왜 그렇게까지 부탁하는지 의아했는데 이런 깜찍한 이유가 있었구나.

"고…… 고마워."

어쩔 줄 모르는 내게 쇼타가 다정하게 말했다.

"리나는 진주가 잘 어울려. 그러니까 귀걸이, 해주면 좋겠어."

"정말 그렇게 생각해? 쇼짱은 안 어울린댔고, 사실 내 생각도 그렇거든. 진주는 좀 더 정숙하고 여성스러운 애한테 어울리는 보석이잖아."

나 같은 말괄량이가 달면 진주의 품격 있는 아름다움이 돋보이질 않는다.

"무조건 어울려. 틀림없어. 왜냐하면 리나는…… 진주랑 많이 닮았는걸."

"닮았다고?"

그러고 보니 쇼타는 전에도 그렇게 말했다.

그때는 나도 그렇게 생각했다. 진주를 키우고 죽는 조개와 물방울을 키우고 죽을 운명인 나를 겹쳐 보면서. 그래서 잠자코 있었던 건데…… 쇼타 말은 무슨 뜻일까?

이해가 안 돼 고개를 갸웃거리는 내게 쇼타가 물었다.

"진주가 어떻게 만들어지는지 알아?"

"잘 몰라."

내가 아는 건 조개 안에서 진주가 만들어지는 대략적인 과정, 그리고 전에 쇼타 어머니가 해주신, 진주를 꺼낸 조개가 죽는다는 얘기뿐이었다.

"진주의 빛은 조개의 고통으로 만들어져."

쇼타는 차분히 말하며 상자 안의 진주를 바라봤다.

"진주 양식의 제일 첫 단계로 조개 안에 이물질을 넣어. 몸속에 이물질이 들어오면 조개는 너무너무 괴로워해. 조개는 이물질을 뱉어내지 못하거든. 그래서 고통을 완화하려고 이물질에 몇 겹이나 막을 씌워. 그렇게 만들어지는 게 진주. 진주는 고통을 반짝임으로 바꿔낸 보석이야."

담담히 말하고 쇼타가 나를 보았다.

"리나는 정말 아름다운 사람이야. 괴로운 일이 있어도 밝게 웃으면서 극복하잖아. 노력하는 모습도, 운이 좋다고 말하면서 웃는 얼굴도 반짝반짝 빛이 나. 고통을 반짝임으로 바꿔낸 진주 같은 사람."

진주의 아름다움은 다른 보석과 다르게 차분한 반짝임에서 온다. 주변의 빛을 반사하는 게 아니라 안에서 영롱함이 배어 나온다.

나는 그렇게 아름답지 않다. 누가 봐도 당연한데, 쇼타가 보는 나는 그런 아름다움을 지니고 있는 걸까?

"그러니까 골라줘."

최고의 칭찬을 받은 나는 쇼타의 말을 순순히 받아들이고 상자 안에 든 유난히 아름다운 진주알을 가리켰다.

"알았어. 그럼 이걸로 가공해서 줄게. 꼭 해야 해. 진짜 잘 어울릴 테니까."

나는 "고마워" 하고 수줍게 인사하고 힐끔 쇼타를 보았다.

"근데 괜찮아? 쇼타는 다음 달부터 대학생이잖아. 신나는 캠퍼스 라이프를 위해 돈 좀 모아둬야 하지 않겠어?"

민망함을 감추려고 한 농담이었는데, 쇼타는 순간 생각도 안 해봤다는 표정을 짓더니 예전에 자주 보여줬던 사람 좋은 미소를 지어 보였다.

"애초에 대학 생활에는 아무 기대도 없었어. 가고 싶은 대학도 아니었고, 공부하고 싶은 전공도 딱히 없고. 대충 다닐 거야."

쇼타가 시원시원 말하고 나를 꼭 끌어안았다.

"나, 리나가 죽은 뒤에는 아무래도 좋아. 지금 리나가 있고 리나랑 같이 있으면 충분해. 리나의 행복이 내 행복이니 그 이상은 안 바라. 앞으로도 계속 리나의 연인으로 살 거야."

쇼타가 한 마디 한 마디 곱씹듯 속삭였다.

"계속? 내가 죽어도?"

"응. 리나, 질투심 강하잖아? 그런 리나를 안심시키기 위해서라도 리나 연인으로 남을 거야. 그리고 전에 서로 좋아하면 헤어질 필요 없댔잖아. 난 리나를 계속 좋아할 거니까."

차분하게 말하는 쇼타의 온기를 느끼며 나는 내가 크나큰 착각을 했다는 걸 깨달았다.

나는 쇼타가 앞으로도 계속해서 자기 행복을 위해 노력할 거라 믿었다.

내가 죽어도 새로운 목표를 찾아 앞을 보며 살아갈 거라고.

그랬는데, 그게 아니었다.

쇼타는 나를 위해서만 노력한다.

달라진 건 내가 있을 동안뿐.

그럼…… 내가 죽은 뒤에 쇼타는 다시 무기력한 모습으로 돌아가 버리는 걸까?

나는 쇼타가 앞으로 사귈 연인을 수없이 상상하며 질투했다.

새 여자친구를 사귀는 건 싫다고, 계속 나만 특별하게 여겨주면 좋겠다고 생각하며.

쇼타가 영원히 내 연인이 돼준다, 그럼 기뻐할 일 아닌가.

"그럼 약속해. 내가 죽은 뒤에도 안 헤어지는 거다?"

"약속할게."

나는 쇼타의 등에 팔을 둘렀다.

"있잖아, 쇼타, 나 대학 합격했어."

나는 언젠가 알리려고 했던 소식을 전했다.

"그렇구나……. 축하해."

쇼타가 축하하는 말 같지 않게 기운 없는 목소리로 말했다.

합격해도 나는 대학에 못 다닌다. 얼마 남지 않은 시간을 가족이나 쇼타와 떨어져 지낸다니 말도 안 됐고, 무엇보다 이 몸으로 도쿄까지 갈 수도 없었다. 쇼타도 알고 있을 터였다.

"그래서 말인데, 나 꿈이 있다고 했잖아? 연인이랑 캠퍼스 데이트 하는 거."

내 말에 쇼타가 가만히 고개를 끄덕이고 밝게 말했다.

"아, 그럼 같이 M 대학 가볼까? 가서—"

나는 "아니" 하고 고개를 젓고 차분히 설명했다.

"내 꿈은 같은 대학에 다니면서 캠퍼스 데이트 하는 거야."

"그래, 근데—"

"쇼타, 합격한 대학에 미련 없다며? 일 년 더 공부해서 M 대학에 합격해 줘. 그래, 건축학과는 어때? 그리고 나랑 캠퍼스 데이트 해줘."

말도 안 되는 소리인 건 알았다.

그래도 쇼타가 건축에 흥미가 있는 건 사실이었고, 쇼타 부모님도 쇼타가 하고 싶은 걸 열심히 해주길 바라신다.

"어? 어…… 그러니까, 재수하라고?"

쇼타는 어지간히 놀랐는지 몸을 살짝 떼고 내 얼굴을 들여다봤다.

당혹스러움을 감추지 못하고 어색하게 웃는 쇼타를 보며 나는 환하게 웃었다.

"응. 맞아. 괜찮지? 쇼타, 말했잖아. 나를 위해서라면 뭐든지 할 수 있다고."

오만불손하고 바보 같은 여자애.

지금 나를 객관적으로 보면 틀림없이 그렇겠지.

"그래도—"

쇼타는 반론하려 했지만 내가 막았다.

"제발, 쇼타. 약속해 줘."

내가 재촉하듯 조르자, 쇼타는 머리를 끌어안고 "으악……" 하고 신음하며 한참이나 망설이더니 결국에는 포기했다는 듯 "알았어" 하고 대답했다.

"혼자선 결정 못 하니 부모님께 여쭤볼게. 허락받으면…… 노력할게."

힘없이 중얼거리는 쇼타에게 나는 방긋 미소를 지어주었다.

"있잖아, 쇼타. 열심히 하지 못할 것 같을 때는 이걸 생각하고 힘을 내줘."

쇼타의 지금 성적을 생각하면 M 대학 합격의 여정은 험난할 것이다. 포기하고 싶을 때도 있겠지.

그래도, 그런 어려움을 극복한다면 쇼타에게 나 말고도 소중한 무언가가 생기리라.

"요즘 들어 깨달은 건데…… 무언가를 위해 열심히 노력하면 그 목표를 달성하지 못해도 그 이상의 어떤 것을 손에 넣을 때가 있거든. 그건 최선을 다해 노력한 사람한테 신이 주는 선물인 것 같아."

지난 일 년간 나는 매일 노력했고 덕분에 소중한 것이 생겼다.

노력하면 할수록 소중한 것이 늘어난다.

그 하나하나가 살아가는 힘이 된다.

사실 나는 쇼타에게 그걸 알려주고 싶었다.

같이 있으면서 소중한 것, 집착하고 싶은 것을 늘려주고 싶었다.

하지만, 시간이 없다.

내게는 쇼타와 함께할 수 있는 시간이 아주 조금밖에는 없다.

"무슨 뜻이야?"

"나, 처음에는 물방울을 반짝이게 하고 싶단 생각만 했어. 비싸게 팔릴 물방울을 만들고 싶었고, 그러려면 근사한 청춘을 보내야 한다고 생각했어. 근데 처음에 상상했던 이상적인 청춘은 자꾸 멀어지기만 했고, 그러던 중에 쇼타 말을 듣고 물방울 따위 필요 없으니 더 살고 싶다고 생각하게 됐어. 그랬는데 죽을 처지가 됐고…… 결국 목표는 여전히 달성하지 못했어. 그래도 쇼타가 내 연인이 되어줬어."

나는 잠깐 말을 멈추고 가슴을 폈다.

"나 행복해. 목표 달성보다 더 소중한 걸, 쇼타라는 최고의 연인을 얻었잖아. 내가 무슨 말 하고 싶은지 알겠어?"

내가 묻자 쇼타는 나를 가만히 쳐다보더니 천천히 힘주어 나를 안아주었다.

"리나가 날 그렇게 생각해 주는 줄은 몰랐어. 너무 기뻐서 의욕이 생긴다."

내 말은 그게 아닌데······.

한숨을 쉬며 어떻게 말해야 할지 고민했는데, 기쁜 표정으로 뺨을 비비는 쇼타를 보니 그래, 아무래도 좋다 싶었다.

◆ ◆ ◆

이틀 후에 데이트하기로 하고 쇼타의 집을 나섰다.

"그럼 약속한 거야."

쇼타, 헤어질 때까지 집요하게 확인하는 내가 어이없었겠지.

어리둥절해 하는 쇼타의 표정을 떠올리고 나도 모르게 쓴웃음을 지었다.

바래다준다는 걸 거절하고 혼자 버스를 기다렸다.

쇼타 집에 놀러 왔던 지난가을까지만 해도 자전거를 타고 다녔다. 해변을 따라 쭉 뻗은 이 길을 달리며 바람을 가르던 게 정말 기분 좋았는데.

하지만 자전거는 이제 못 탄다. 조금만 타도 금방 숨이 찬다.

초봄의 바닷바람은 아직 쌀쌀했지만 햇볕이 따뜻해 그렇게 춥지 않았다.

주홍빛 석양이 수면 위로 떨어지는 광경을 넋 놓고 바라보는데, 갑자기 가슴을 쥐어뜯기는 듯한 통증이 느껴져 그 자리에 주저앉았다.

갑자기 생기는 발작에 괴로울 때마다, 그 빈도가 늘어나는 것을 느낄 때마다, 죽음이 다가온다는 걸 실감했다. 아마 내 수명은 반년도 안 남았을 것이다. 가족에게도 쇼타에게도 말하지 않았지만 나는 확신했다.

죽어가는 내가 쇼타를 위해 할 수 있는 유일한 일.

그게 지금 부리고 있는 이 '고집'이었다.

이대로라면 내가 죽은 뒤에 쇼타는 텅 빈 껍데기 같아지고 만다. 그저 무의미하게 하루를 보내며, 처음 만났을 때처럼 그 무엇에도 집착하지 않고 노력하지 않는 쇼타로 되돌아가고 만다.

그래서 나는 쇼타와 약속했다.

쇼타는 성실하다.

내가 계속 그의 연인인 이상 반드시 약속을 지켜줄 거다.

쇼타 본인도 모르는 그 애의 바람을 나는 안다.

그렇게 오래 함께했으니까.

쇼타는 M 대학에 다니며 건축학을 공부해야 한다. 쇼타도 속으로는 분명 그러고 싶을 거다.

집에 돌아와 침대에 벌렁 누워 M 대학 캠퍼스를 즐겁게 걷는 쇼타를 상상했다. 옆에 함께하는 사람은 당연히 내가 아니다.

그래도 괜찮다. 지금은 순순히 받아들일 수 있다.

물론 질투는 나지만, 그래도 괜찮으니, 쇼타가 앞으로 걸어나가 주면 좋겠다.

나는 죽으니까.

내 죽음은 먼 미래가 아니라 바로 앞까지 다가와 있다.

내 이야기는 곧 끝나지만 쇼타의 이야기는 앞으로도 계속 이어진다.

내 청춘 소설은 곧 해피엔딩으로 끝날 수 있다. 사랑하는 가족과 절친, 세상 무엇보다 사랑하는 연인과 함께 마지막까지 필사적으로 살아낸 최고의 이야기. 쇼타가 있어주었기에 가능한 행복한 결말.

그러니까 나도 쇼타의 이야기를 반짝이게 하는 멋진 등장인물이 되고 싶다.

마지막까지, 죽은 뒤에도 그랬으면 좋겠다.

쇼타와 약속한 건, 연인인 나와의 약속이 쇼타가 노력할 이유가 되면 좋겠다고 바랐기 때문에.

예전에는 서로 좋아하는 사이라면 헤어질 필요 없다고 생각했다.

하지만 이제 드디어 좋아해서 이별을 선택하는 연인들의 마음이 이해됐다.

상대가 행복하다면 그 이상 바랄 게 없다, 그렇게 생각할 정도로 사랑하는 사람이 생긴 덕분에 마침내 깨달았다.

늦은 밤, 가족이 깊이 잠든 시각에 몰래 일어나 벽장에서 마분지를 꺼냈다. 마사야가 만들기에 쓰고 남겨놓은 거였다. 같이 넣어둔 색종이와 공작용 모루 끈, 유리구슬까지 죄다 꺼내놓고 히죽거리는 나. 내가 생각해도 좀 섬뜩했다.

저녁에 버스를 타고 오는 동안 좋은 생각이 떠올랐다. 쇼타가 주기로 한 진주 귀걸이에 대한 답례로 직접 만든 선물을 보내려한다.

말해두지만, 돈이 아까워 있는 것으로 대충 만들어 때우려는게 아니다. 가난뱅이지만 그 정도로 구두쇠는 아니다.

쇼타는 분명 그 어떤 것보다도 이 선물을 기뻐해 줄 것이다.

보석과는 달리 돈은 한 푼 안 들지만 마음만은 가득 담아 선물해야지.

창 너머로 보이는 밤하늘엔 동그란 으스름달이 떠 있다.

다정함이 묻어나는 빛을 받으며, 싹둑싹둑 종이를 오렸다.

쇼타,

희망찬
4월

그럼 약속한 거야.

그게 리나가 남긴 마지막 말이었다.

리나가 부탁해 M 대학을 목표로 재수하기로 한 나는 그날 바로 부모님과 상의했다. 모처럼 합격한 대학을 포기하는 거였다. 반대하실 줄 알았는데 의외로 아버지도 어머니도 기뻐하셨다.

"하고 싶은 일을 찾았다니 정말 기쁘네."

"무리해서 가업을 잇지 않아도 돼. 쇼타가 행복한 게 제일이니까."

환하게 웃으시는 부모님을 바라보며 나는 세상에서 가장 행복한 고등학생일지 모르겠다고 생각했다. 리나는 우리 부모님의 바람을 알고 있었겠지. 눈물이 번져 시야가 흐릿해진 채로 리나, 대단하네, 감탄했다.

이틀 뒤, 리나를 만나 재수하기로 했다고 보고하려고 했는데, 그런 기회는 오지 않았다.

그다음 날, 리나가 죽었기 때문이다.

연인인 나를 절친 쇼짱에게 소개하고 싶다던 리나. 기이하게도 쇼짱과 나는 다른 곳이 아닌 리나의 장례식에서 대면하게 됐다.

우리는 서로 아무 말도 하지 않았다. 그저 시선을 마주치고 한참이나 묵묵히 바라보았을 뿐. 그랬지만, 쇼짱의 눈동자에 가득 고인 눈물을 본 순간, 진짜 리나의 절친이었구나, 이해하게 됐다. 그쪽 역시 마찬가지였을 것이다. 리나가 없는 지금, 우리가 대화할 이유는 없었다. 리나를 애도하는 마음을 서로 확인한 걸로 충분했다.

결국 진주 귀걸이를 주지 못해, 리나 어머니에게 허락을 구하고 새하얀 기모노를 입은 리나의 귓불에 내가 만든 귀걸이를 달아줬다.

처음 만진 리나의 귓불은 정말 죽은 건가 싶을 만큼 말랑하고 부드러웠다.

◆ ◆ ◆

합격 통지를 받고 도쿄에 갈 준비를 하면서 내가 앞으로의 생활을 기대하고 있다는 걸 깨달았다.

　리나가 갑자기 '약속'이란 말을 꺼냈을 때는 무슨 소린가 싶었지만, 내심 그 대학을 동경하고 있었던 거다.

　그래도, 나는 리나의 남자친구인데…….

　나, 리나가 죽은 뒤에는 아무래도 좋아.

　리나가 살아 있을 때 분명 그렇게 말했으면서, 지금 나는 앞으로의 일을 기대하고 있다.

　다구치한테서 전화가 왔다.

　메시지는 주고받았지만 목소리를 듣는 건 오랜만이었다.

　평소와 똑같은 목소리라 나도 모르게 가슴을 쓸어내렸다.

　가시와기에게 리나 이야기를 들었을까. 가시와기가 같은 동아리라 친한 마쓰무라한테서 리나 얘기를 들어 알고 있다고 했을 때는 정말 놀랐다. 누가 알면 곤란할 일은 아니었지만 다구치가 알면 괜히 마음 쓸지도 모른다. 지금까지 관계가 편했던 만큼 어색해지기 싫었기에 캐물으면 어쩌나 내심 불안했다.

　평소처럼 시시한 이야기를 한참 나눈 뒤에 다구치가 말했다.

　"도쿄로 이사 가면 촌뜨기답게 관광하러 다니자! 우선 도쿄타워부터? 그리고 오다이바나 하라주쿠? 노조미랑 가시와기도 합격했으니 넷이 가자. 신난다!"

　다구치답지 않게 들뜬 목소리를 들으니 저절로 입가가 누그러졌다.

아무래도 좋다, 그렇게 생각할 수가 없었다.

대학생이 되어 좋아하는 건축을 공부한다.

마음을 터놓은 친구와 어울린다.

나는 진심으로, 절망적일 정도로 미래가 기대됐다.

"그러자."

고개를 끄덕이는 순간, 마음이 욱신욱신 아파왔다.

지난 일 년간 한시도 리나를 잊지 않았다고 말할 수 있다면 얼마나 좋을까. 가장 사랑하는 연인만 늘 생각하며 그녀를 위해 노력했다고 단언할 수 있다면, 그럼 정말이지 후련한 기분으로 합격한 걸 기뻐할 수 있을 텐데.

처음에는 정말로 리나만 생각했다. 리나와의 추억을 되새기고 행복했던 과거를 돌아보는 것만이 유일한 즐거움이었다. 약속을 지키려 노력하는 현실에서도, 약속을 지킨 뒤의 미래에서도 그 어떤 희망도 발견할 수 없었다.

하지만 필사적으로 공부하는 과정에서 다구치와 가시와기, 가와사키를 만났고, 한 살 어린 그들과 나이 차이를 느끼지 못할 정도로 친해졌다. 아무래도 좋아야 하는데, 즐거울 수도 있다는 걸 알게 됐다.

모르던 문제를 풀 수 있게 됐을 때, 모의고사 판정 등급이 올랐을 때, 집에 돌아가는 길에 다구치와 장난치며 폭소를 터뜨렸을 때, 넷이서 점심을 먹을 때, 공부하는 틈틈이 가시와기와 소근거릴 때.

내가 지금을 사는 건 리나를 위해서였는데, 때때로 리나를 잊고 즐거워했다. 그 사실을 알아차릴 때마다 죄책감이 가슴을 뒤덮었지만 그 빈도는 점점 잦아들기만 했다.

시시껄렁한 수다를 또 한참 나누던 중에 다구치가 아무렇지 않게 말했다.

"나, 노조미랑 다시 사귀기로 했어."

평온한 말투였지만 벅찬 기쁨이 느껴져 다구치가 지금까지 이 말을 할 기회를 노렸다는 걸 알 수 있었다.

다구치와 가와사키가 헤어졌다고 들었을 때 내가 둘을 말리려고 했던 건 지금을 희생했다가 두 사람이 후회할지도 모른다고 생각했기 때문이다.

지금보다 미래가 중요하다? 왜 그런 말을 하지? 난 미래 따위 아무래도 좋다. 내게는 리나와 함께한 그날들이 가장 소중하고, 지금 노력하는 것도 과거를 위해서다. 적어도 그때는 그렇게 믿었다.

"잘됐다."

그렇게 말하며 나는 입술을 아프도록 깨물었다.

두 사람에게는 함께할 미래가 있다.

그 당연한 사실이 미칠 듯이 부러웠다.

나와 리나에게는 미래가 없다.

그럼 나는 역시 미래에 희망을 품어서는 안 되겠지.

하지만 이대로 다구치와 어울리면 나는 언젠가 리나를 잊을지 모른다.

리나 없는 하루하루를 즐겨도 더는 죄스럽지 않을지 모른다.

그것만은 안 된다.

앞으로도 계속 리나의 연인으로 살 거야.

리나에게 그렇게 약속했으니까.

"그럼 끊는다."

"엥? 갑자기?"

다구치가 허둥지둥 말하는 게 들렸지만 상관하지 않고 통화 종료를 눌렀다. 귀에서 전화를 떼고 크게 한숨을 내쉬었다.

쓰러지듯 침대에 누워 부적 주머니를 손에 쥐었다. 리나의 물방울이 들어 있지만 꺼낼 마음은 들지 않았다.

보기만 해도 경탄과 희망이 샘솟는 그 보석은 공부하는 내내 셀 수 없이 나를 도와주었지만, 지금은 그래서 괴로웠다.

물방울은 꺼내지 않고 노란 부적 주머니 표면을 조심스럽게 어루만지며 아까보다 더 큰 한숨을 내쉬었을 때, 딩동, 초인종이 울렸다.

어머니가 장을 보러 가셔서 집에는 나 혼자였다.

느릿느릿 일어나 인터폰을 받아 보니 택배 배달이었다.

작은 상자를 받아들고 송장을 본 나는 경악했다.

받는 사람은 '미사토 쇼타 님'.

동글동글 익숙한 글자로 그렇게 적혀 있었다.

그리고 보낸 사람은—

오쿠무라 리나

방으로 돌아갈 겨를도 없이 현관에서 테이프를 벅벅 뜯었다.

올록볼록한 에어캡을 정신없이 끄집어내자 돌돌 말린 상장과 마분지로 만든 왕관이 들어 있었다.

상장을 펼치고 나도 모르게 눈을 휘둥그레 떴다.

—열심히 했습니다상—

당신은 수험 공부를 열심히 했습니다.

그 노력을 칭찬하며 이 상을 수여합니다.

열심히 해서 내가 주는 선물이야.

이제 오쿠무라 리나와 헤어져도 돼.

다른 사람을 좋아할 수 있게 허락해 줄게.

대신 꼭 행복해져야 해!

쇼타가 행복하지 않으면 나도 행복해질 수 없어.

이렇게 바랄 정도로 쇼타는 내게 소중한 사람이니까.

"……리나."

손에 들린 왕관에는 유리구슬이 가득 달려 있었다.

리나를 행복하게 해주고 싶었다.
리나가 행복하지 않으면 나도 행복해질 수 없다, 그렇게 생각할 정도로 리나가 소중했으니까.
리나도 같은 마음이라면 나는 반드시 행복해져야만 한다.
그러기 위해서 최선을 다해 노력해야 한다.
리나가 없는 세계에서도 내 행복을 찾아야 한다.
왕관에 달린 반짝반짝 빛나는 유리구슬은 그 어떤 보석보다 영롱해 보였다.

◆ ◆ ◆

입학식을 마친 뒤, 리나의 물방울을 꼭 쥐고 혼자서 캠퍼스를 걸었다.
리나의 꿈, 캠퍼스 데이트를 할 생각이었다.
예전에, 아직 리나와 사귀지 않았을 때, 리나와 손잡고 캠퍼스를 걷는 모습을 상상한 적이 있다. 고등학생 때보다는 어른스러운 나와 리나가 사이좋게 나란히 선 미래, 그때 그렸던 행복한 광경은 실현하지 못했지만 지금 나는 리나가 준 희망으로 가득 차 있다.

최선을 다해 노력한 사람한테 신이 주는 선물인 것 같아.

친구 하나 없던 내게 마음을 터놓을 친구가 드디어 생겼다.

배우고 싶은 것이 있고, 하고 싶은 만큼 공부할 수 있다.

노력하고 싶은 이유가 잔뜩 있다.

하지만 내가 품은 이 희망, 행복한 지금을 선물한 건 신이 아니다.

리나다.

캠퍼스에 깔린 산뜻한 디딤돌 위를 걸으며 리나와 처음 만난 순간을 떠올렸다.

그때 나는 즐겨 보던 『세계의 아름다운 건축물』이라는 사진집을 무심히 들여다보고 있었다. 누가 말을 걸어 앞을 보니 리나가 서 있었다.

리나의 머리카락 끝에 벚꽃잎이 한 장 붙어 있었는데, 진주와 비슷한 우아한 연분홍이 잘 어울려 진주가 잘 어울릴 것 같은 아이라고 멍하니 생각했다. 창밖에서 금색 빛이 비쳐들어 리나의 커다란 눈망울이 환하게 반짝였다. 윤기 흐르는 까만 머리의 정수리에 천사의 고리가 생겼는데, 그 우아한 모습을 보자 마치 구원받은 기분이었다.

첫눈에 반했다.

얼마 지나지 않아 생긴 리나의 남자친구는 한 살 어린 2학년 쇼짱.

부르는 이름이 내 이름과 비슷해 기분이 영 복잡했다. 쇼짱은 리나를 전혀 이해하지 못했는데도 리나는 항상 즐거워했고, 천진하게 웃으며 쇼짱과 있었던 일을 얘기하는 리나를 보면 가슴이 아팠다.

새해 참배 때, '리나가 저랑 사귀게 해주세요' 하고 신께 기도했다. 그러자마자 리나가 아프다는 이야기를 듣고 한심한 소원을 빈 나 자신을 원망했다.

리나가 죽은 뒤, 세상에서 빛이 사라졌다.

당연하다. 나는 리나와 만난 이후 줄곧 리나의 이야기 속에서 살았으니까. 리나가 주인공인 청춘 소설에서 나는 같은 반 친구로 리나를 만나 절친이 되어 리나와 함께 고교 시절을 보냈고, 리나의 연인이 됐다. 주인공인 리나가 죽어 이야기가 끝나면, 나라는 등장인물도 사라진다. 그래도 괜찮았는데.

내 이야기 따위 어찌 되든 상관없지만 리나와 한 약속만큼은 지켜내야 한다. 리나 이야기의 후일담 정도는 될 테니까. 그렇게 생각하며 흑백의 세계에서 어찌저찌 앞으로 나아갔다.

계절마다 리나의 무덤에 꽃을 잔뜩 바치는 건 내 의지였다. 호화로운 꽃다발을 선물하며 한 송이만 선물했던 쇼짱을 이겼다는 기분을 맛봤다.

리나가 죽은 뒤에도 리나를 계속 좋아했다.

앞쪽에 보이는 정원 중앙에 벚나무가 있었다. 나무 그늘에는 오래된 벤치가 하나.

이끌리듯 벤치에 가 앉았을 때 문득 리나의 물방울이 떠올라 꺼내서 태양에 비추어 보았다. 화려하게 빛나는 그 보석은 이 세상에 존재하는 모든 행복을 담은 듯 따뜻한 빛을 내뿜었다.

진주 양식집 아들인 나는 지금까지 세상에서 가장 아름다운 보석은 당연히 진주라고 생각했다.

그러나 지금은 확신을 가지고 생각한다.

최상의 진주도, 그 어떤 아름다운 보석도 리나의 물방울에는 미치지 못한다.

리나의 물방울을 바라보면 아무리 슬프고 괴롭고 인생이 절망스러워도 어떻게든 해보자 생각하게 된다. 노력해야지, 떨치고 일어나게 된다. 희망이 샘솟는다.

최고로 행복한 소녀가 최고로 환한 미소를 지으며 "괜찮아" 하고 응원해 주는 것 같다.

리나의 물방울에는 '태양의 물방울'이라는 이름이 붙었다고 들었다.

리나의 따스한 인품이 응축된 보석에 잘 어울리는 이름이다.

달이 빛나는 이유는 태양 빛을 반사하기 때문이라고 한다. 달의 물방울이라고 불리는 진주가 리나에게 그토록 잘 어울리는 것도 당연하다.

손에 쥔 물방울 위로 벚꽃잎이 하늘하늘 떨어졌다.

꽃잎은 따사로운 연분홍색.

눈부시게 새파란 하늘에는 새하얀 뭉게구름이 떠 있다.

작년 봄에는 모노크롬이었던 세계가 지금은 선명한 색채들로 가득하다.

나는 지금 내 이야기를 살고 있다.

천천히 일어나는데 뒤에서 세찬 바람이 불어왔다.

비틀거리며 몇 걸음 걸어간 뒤, 나도 모르게 미소를 지었다.

리나가 등을 밀어준 건지도…… 그렇게 생각하는 내 로맨티시스트 같은 일면에 헛웃음이 나온 거였다.

시계를 보니 곧 2시. 다구치를 비롯한 친구들과 만나기까지 얼마 안 남지 않았다.

"이제 가야겠다."

태양의 물방울을 주머니에 넣고 나는 서둘러 뛰기 시작했다.

내 이야기는 오래오래 이어질 것이다.

해피엔딩에서 너를 기다릴게

1판 1쇄 인쇄 2023년 1월 5일
1판 10쇄 발행 2024년 12월 24일

지은이 산다 치에
옮긴이 이소담

발행인 양원석 **편집장** 김건희
표지일러스트 NOMA
영업마케팅 조아라, 박소정, 한혜원, 김유진, 원하경

펴낸 곳 ㈜알에이치코리아
주소 서울시 금천구 가산디지털2로 53, 20층 (가산동, 한라시그마밸리)
편집문의 02-6443-8902   **도서문의** 02-6443-8800
홈페이지 http://rhk.co.kr
등록 2004년 1월 15일 제2-3726호

ISBN 978-89-255-7712-8 (03830)